Fabian Lenk

Die Safari der 1000 Gefahren

In der Reihe „1000 Gefahren" sind erschienen:

RTB 52339 · Vince Lahey, *Der Fluss der 1000 Gefahren*
RTB 52340 · Edward Packard, *Die Insel der 1000 Gefahren*
RTB 52343 · Edward Packard, *1000 Gefahren zur Geisterstunde*
RTB 52344 · R. A. Montgomery, *Der Urwald der 1000 Gefahren*
RTB 52345 · Fabian Lenk, *Das Meer der 1000 Gefahren*
RTB 52346 · Fabian Lenk, *Die Pyramide der 1000 Gefahren*
RTB 52361 · Fabian Lenk, *Das Fußballspiel der 1000 Gefahren*
RTB 52363 · Fabian Lenk, *Die Wüste der 1000 Gefahren*
RTB 52366 · Edward Packard, *1000 Gefahren im Weltall*
RTB 52385 · Frank Stieper, *Das U-Boot der 1000 Gefahren*
RTB 52396 · Fabian Lenk, *1000 Gefahren auf dem Piratenschiff*
RTB 52397 · Edward Packard, *1000 Gefahren im Strafraum*
RTB 52407 · Fabian Lenk, *1000 Gefahren im Gruselschloss*
RTB 52408 · Frank Stieper, *1000 Gefahren – Angriff der Roboterspinnen*
RTB 52426 · Frank Stieper, *Das Labor der 1000 Gefahren*
RTB 52437 · Frank Stieper, *1000 Gefahren im Internet*
RTB 52463 · Fabian Lenk, *1000 Gefahren in der Drachenhöhle*
RTB 52474 · Fabian Lenk, *1000 Gefahren bei den Rittern der Tafelrunde*
RTB 52475 · Edward Packard, *1000 Gefahren am Katastrophentag*
RTB 52498 · Fabian Lenk, *1000 Gefahren im alten Rom*
RTB 52499 · Fabian Lenk, *1000 Gefahren bei den Wikingern*
RTB 52500 · Fabian Lenk, *1000 Gefahren bei den Samurai*
RTB 52501 · Fabian Lenk, *1000 Gefahren im Reich des Pharao*
RTB 52516 · Fabian Lenk, *1000 Gefahren im Fußballstadion*
RTB 52526 · Fabian Lenk, *1000 Gefahren bei den Dinosauriern*
RTB 52541 · Fabian Lenk, *1000 Gefahren bei den Indianern*
RTB 52542 · Fabian Lenk, *1000 Gefahren im Reich des Maharadschas*
RTB 52549 · Fabian Lenk, *Das Handy der 1000 Gefahren*
RTB 52550 · Fabian Lenk, *Die Safari der 1000 Gefahren*

Fabian Lenk

1000 GEFAHREN
DU ENTSCHEIDEST SELBST!

Die Safari der 1000 Gefahren

Mit Illustrationen
von Rolf Bunse

Ravensburger Buchverlag

MIX
Aus verantwortungs-
vollen Quellen
FSC® C114500

Als Ravensburger Taschenbuch
Band 52550
erschienen 2015

Coverillustration: Stefani Kampmann

Printed in Germany

1 2 3 4 D C B A

ISBN 978-3-473-52550-8

www.ravensburger.de

Warnung!

Lies dieses Buch nicht in einem Zug von vorne bis hinten durch. Es enthält verschiedene Abenteuer, die du auf einer Safari in Südafrika erleben kannst. Oft darfst du beim Lesen zwischen mehreren Möglichkeiten wählen. Wenn du dich für einen Weg entschieden hast, dann folge den Anweisungen, um herauszufinden, was als Nächstes passiert.
Aber Vorsicht! In Südafrika lauern viele Gefahren: Wilderer, hungrige Raubkatzen und echte Gangster. Überlege dir jeden deiner Schritte genau, denn es könnte dein letzter sein ...

Viel Glück!

Sie kommen!
Der Boden bebt, Staub wird aufgewirbelt. Lautes Trompeten zerreißt die Stille über dem zwanzigtausend Quadratkilometer großen Kruger National Park in Südafrika.
Du bist Bill, ein junger Ranger im Park. Mit deiner Kollegin Leila, die ebenso pfiffig wie vorlaut ist, hockst du auf einem großen Baobab-Baum, die Kameras im Anschlag. Hoffentlich gelingen euch tolle Fotos! Die wollt ihr auf der Website des Parks veröffentlichen, um noch mehr Werbung für das berühmte Schutzgebiet zu machen.
Eine Elefantenherde donnert heran, angeführt von einer knapp drei Tonnen schweren Leitkuh. Hinter ihr laufen neun weitere Kühe mitsamt ihrem Nachwuchs.
„Hast du die jungen Bullen in der Herde gesehen?", ruft Leila dir zu.
„Klar", erwiderst du hinter deiner Kamera.
„Die werden nicht mehr lange zur Herde gehören. Wenn sie acht Jahre alt sind, werden sie von den Kühen verstoßen", sagt Leila und lacht. „Kluge Entscheidung. Mit jungen Typen hat man ja meistens nur Ärger!"
Du zeigst Leila einen Vogel. „Was soll denn das heißen? Mit jungen Typen gibt es wenigstens keinen Zickenalarm!"
Dann konzentrierst du dich wieder auf deine Arbeit. Blöder Staub!

Lies weiter auf Seite 8

Die Herde marschiert an eurem Baum vorbei und verschwindet in einer Staubwolke.
„Das war wohl leider nichts", sagst du enttäuscht.
„Nein, die Fotos können wir vergessen", meint auch Leila und klettert vom Baum. „Und jetzt sollten wir schnell zurück zum Camp. Gleich ist Teambesprechung."
Mit einem Jeep fahrt ihr zum Letaba-Camp, das am gleichnamigen Fluss liegt. Letaba ist ein Wort aus der Sotho-Sprache und bedeutet übersetzt so viel wie „sandiger Fluss".
Das Camp liegt an einer leichten Biegung des Letaba und besteht aus mehreren Gästehäusern, Bungalows, Hütten und einem Zeltplatz. Große Bäume spenden Schatten.
Von hier aus können die Touristen zu Safaris aufbrechen, um die Big Five in freier Wildbahn zu beobachten. Zu den Big Five gehören neben den Elefanten die Löwen, Leoparden, Büffel und Nashörner.
Aber es gibt noch viele andere Tiere im Kruger National Park: über fünfhundert Vogel-, knapp einhundertfünfzig Säugetier-, etwa fünfzig Fisch- und über einhundert Reptilienarten. Bei den Ausflügen werden die Besucher von Wildhütern wie dir und Leila begleitet. Ihr müsst dafür sorgen, dass die Touristen wieder sicher ins Camp zurückkehren.

Lies weiter auf Seite 78

Du saust los, deine Füße trommeln über die Tragfläche – gleich musst du den weiten Sprung wagen!
Doch kurz vor dem Ende des Flügels passiert es: Du rutschst auf der nassen Oberfläche aus! Verzweifelt versuchst du, das Gleichgewicht zu halten, doch du schaffst es nicht und fällst ins Wasser.
Und die Krokodile? Die stürzen sich auf dich!

Ende

Ihr legt euch wieder schlafen.

10 Am nächsten Morgen verlasst ihr die Pension und macht euch auf die Suche nach Big Smash. Doch angeblich hat noch nie jemand diesen Namen gehört.

Ihr gebt euch wirklich alle Mühe und grast das ganze Viertel ab. Umsonst.

Unverrichteter Dinge kehrt ihr in den Kruger National Park zurück. Ihr seid natürlich ziemlich enttäuscht.

Teamleiter Jack aber ist froh, dass euch in Johannesburg nichts zugestoßen ist. Er versucht euch aufzumuntern und hat einen neuen Auftrag für euch: Ihr sollt mithelfen, ein paar junge männliche Löwen einzufangen. Der Grund: Die Tiere sorgen für blutige Revierkämpfe im Park, weil sie versuchen, die alten Rudelführer zu verdrängen. Diese Kämpfe sollen nun eingedämmt werden.

Ihr seid mit Feuereifer dabei!

Lies weiter auf Seite 48

Mit einem Jeep fahrt ihr ein Stück die Mopani Letaba Road in Richtung Norden und überquert schließlich den Fluss Letaba. Jetzt ist es nicht mehr allzu weit bis zur Grenze zu Mosambik, das im Nordosten von Südafrika liegt.
Aus dem Nachbarland kommen immer wieder Wilderer in den Kruger National Park. Deshalb seid ihr hier auf Patrouille.
„Halt mal an!", ruft Leila dir plötzlich zu. „Da sind Reifenspuren."
Ihr stoppt.
„Hm, die Spur könnte auch von einem unserer Jeeps stammen", sagst du.
„Ja, oder von einem Auto der Wilderer", erwidert Leila. „Was meinst du: Sollen wir der Spur folgen?"

Wenn du dafür bist,
lies weiter auf Seite 15

Wenn du dagegen bist,
lies weiter auf Seite 62

Mit Leila willst du den international bekannten Tierfilmer Roy Mitchell aus den USA und sein Team begleiten. „Könnt ihr mich zu einer Stelle führen, wo ich Elefanten filmen kann?“, fragt Mitchell euch.
Klar, das könnt ihr. Schließlich kennt ihr den Park in- und auswendig.
„Ich würde vor allem gerne die Mütter mit ihren Kälbern aufnehmen“, ergänzt der Filmprofi.
„Das ist riskant – Elefantenkühe können sehr aggressiv werden, wenn man ihrem Nachwuchs zu nahe kommt“, warnst du.
„Keine Sorge, ich habe ein sehr starkes Teleobjektiv“, sagt Mitchell mit einem Augenzwinkern. „Und es würde sich für euch lohnen. Ich gebe jedem von euch tausend Dollar extra.“
Jetzt gerätst du doch ins Grübeln.

**Wenn du ablehnst,
lies weiter auf Seite** **95**

**Wenn du dich darauf einlässt,
lies weiter auf Seite** **18**

Aufgeregt schlüpfst du aus dem kleinen Zelt und läufst zur Falle.
Bingo! Durch die Gitterstäbe funkelt dich ein Löwe wütend an.
Was für ein schönes Tier!, denkst du und beobachtest es eine Weile.
Je länger du das tust, umso größer werden deine Zweifel, ob es richtig ist, was du hier machst.
Jack hat angekündigt, dass der junge Löwe an einen anderen Park verkauft wird. Aber wie wird es ihm dort ergehen? Werden die anderen Löwen ihre Reviere gegen den Neuen verteidigen und ihn zerfleischen? Das wäre schrecklich.
Andererseits hat Jack sicher Recht, wenn er sagt, dass es derzeit zu viele junge Löwenmännchen gibt, die für blutige Kämpfe sorgen.

Wenn du den Löwen befreist,
lies weiter auf Seite 16

Wenn du das nicht tust,
lies weiter auf Seite 63

Du drückst ein Auge zu und wuchtest die Tasche an Bord. Kurz darauf seid ihr in der Luft. Das Wetter ist traumhaft, die Stimmung gut.
Während des Fluges zu einem Wasserloch, an dem sich erfahrungsgemäß viele Tiere versammeln, zeigst du den Touristen ein paar Antilopenarten und erklärst ihnen einiges über deren Lebensgewohnheiten.
Die Stimmung wird immer besser – vor allem, als Polting eine Flasche Champagner aus seiner großen Tasche zaubert und sie herumgehen lässt. Du und der Pilot Hanson lehnen dankend ab, aber die anderen greifen zu.
Wieder zieht Polting etwas aus seinem Gepäck, doch diesmal ist es ein Gewehr!
„Legen Sie um Gottes Willen die Waffe weg!", rufst du empört.
„Ach was!", erwidert der Tourist. „Wenn man mit einem Gewehr umgehen kann, passiert schon nichts! Ich habe die Waffe doch nur für alle Fälle dabei. Zum Beispiel, wenn uns bei der Safari ein Löwe angreift."
Stolz zeigt er den anderen Passagieren das Gewehr. Doch dabei löst sich ein Schuss! Die Kugel trifft den Piloten, der in sich zusammensackt.
Die Maschine trudelt vom Himmel und schlägt in der Savanne auf. Ihr habt keine Chance.

Ende

Ihr fahrt weiter und folgt der Reifenspur. Plötzlich kracht ein Schuss in der Ferne und du latschst voll auf die Bremse.
„Das sind bestimmt Wilderer!“, rufst du.
Wieder ein Schuss!
„Da vorn ist ein Schwarm Glanzstare aufgestiegen. Ich fahre in diese Richtung!“, kündigst du an und gibst Gas.
Während du durch die Savanne bretterst, schlägt Leila über Funk im Camp Alarm.
Unter einem Baum entdeckst du den Kadaver eines Buschbocks und hältst erneut an. Wurde der Bock gerade abgeschossen?
Nein, stellst du mit Kennerblick fest. An dem Kadaver sind Bissspuren zu erkennen – der Buschbock wurde von einem Tier gerissen.
„Buschböcke gehören zu den Lieblingsmahlzeiten der Leoparden“, sagst du zu Leila. „Daher könnte es doch sein …“
Ein Maunzen lässt dich verstummen. Vorsichtig schaut ihr euch um und entdeckt ein Leopardenbaby im hohen Gras, das aus einer Wunde am Bein blutet. Du beugst dich über das verletzte Tier, das offensichtlich angeschossen wurde und nicht mehr laufen kann.
„Pass bloß auf, die Mutter könnte in der Nähe sein!“, warnt dich Leila.

**Wenn du in den sicheren Jeep steigst,
lies weiter auf Seite** **89**

**Wenn du dich um das
Leopardenbaby kümmerst,
lies weiter auf Seite** **56**

Du schaust dich um. Noch ist niemand auf den Beinen, kein Mensch wird sehen, was du tust.
Aber was ist, wenn dich der junge Löwe anfällt, nachdem du das Fallgitter hochgezogen hast?
Ach was, das wird schon gut gehen! Du musst nur schnell genug sein. Außerdem wird der Löwe bestimmt sofort das Weite suchen und dich gar nicht groß beachten.
Oder solltest du das Tor lieber aus sicherer Entfernung öffnen, zum Beispiel mit einem Abschleppseil aus einem der Autos? Doch dafür müsstest du dir erst einmal die Wagenschlüssel besorgen – und die liegen in den Zelten der anderen Wildhüter …

Wenn du das Tor einfach öffnest,
lies weiter auf Seite **79**

Wenn du versuchst,
an ein Seil heranzukommen,
lies weiter auf Seite **80**

Was machen die Krokodile? Sie balgen sich immer noch und haben euch überhaupt nicht im Blick.
„Okay, dann mal viel Glück!", sagst du zu Polting.
Der Mann stürzt sich ins Wasser und will sich bis zum Flugzeug durchkämpfen. Doch um das Wrack haben sich tückische Strudel gebildet.
Polting kommt gegen die Strömung nicht an – vor euren Augen wird er in die Tiefe gerissen.
Du machst dir furchtbare Vorwürfe, denn du hättest die Tragödie verhindern können, wenn nicht gar verhindern müssen.
Wenigstens gelingt es dir, die anderen Passagiere und Hanson vom Fluss weg zu einem Camp zu führen und sie somit zu retten.

Ende

Das ist eine Menge Geld, finden Leila und du. Also wischt ihr eure Bedenken beiseite und führt das TV-Team zu einer abgelegenen Stelle am Letaba-Fluss. Hier baden die Elefantenkühe mit ihrem Nachwuchs.
Mitchell ist begeistert: „Irre! Das werden tolle Aufnahmen!“ Er und sein Team filmen zunächst aus sicherer Entfernung, wie die süßen Elefantenbabys im Wasser planschen und sich gegenseitig nass spritzen. Die wachsamen Kühe bleiben immer in der Nähe.
Nachdem die ersten Aufnahmen geglückt sind, rückt Mitchell mit dem Kamerastativ weiter nach vorn. Erst sind es zehn Meter, dann zwanzig.
Du bekommst ein mulmiges Gefühl, denn längst haben euch die erwachsenen Elefanten bemerkt.
„Vorsicht!“, rufst du, als eine der Elefantenkühe auf den Mann hinter der Kamera zustürmt. Doch Mitchell reagiert zu langsam, er wird über den Haufen gerannt! Dir und Leila gelingt es, das Tier abzulenken, während die anderen Teammitglieder den verletzten Mitchell bergen und ins Camp bringen. Euer Boss Jack ist außer sich und feuert euch. Jetzt habt ihr zwar jeweils tausend Dollar verdient, aber keinen Job mehr.

Ende

Du hast dich noch nicht einmal um die Passagiere geküm-
20 mert! Das war ganz schön egoistisch von dir, aber du hattest
furchtbare Angst.
Mit deinem Fallschirm schwebst du nun langsam zu Boden.
Aber was ist das?
Ein Rudel Löwen ist auf dich aufmerksam geworden.
Essen frei Haus! Was für ein Service! Lecker!
Das Rudel freut sich über die unerwartete Mahlzeit, die da buchstäblich vom Himmel fällt.

Ende

Deine Schreie gellen durchs Camp. Keine gute Idee, denn bevor die anderen auf den Beinen sind und dir helfen können, werden die Löwen auf dich aufmerksam.
Und sie haben dich natürlich zum Fressen gern!
Die jungen Löwen stürzen sich auf dich und du weißt: Das ist das

Ende

22

Leila ist sofort hellwach. Gemeinsam schleicht ihr in den Flur, der zur Haustür führt. Plötzlich ertönt von draußen ein Klopfen – in einem ganz bestimmten Rhythmus. Das klingt wie ein vereinbartes Zeichen.
Schon taucht Mary auf, öffnet die Tür und lässt die drei Männer herein.
Wortlos schleichen sie eine Treppe hinunter.
Die Pensionsbesitzerin verschwindet in der Küche.
„Was haben die Männer vor?", fragt Leila dich mit großen Augen.

**Wenn du der Sache
auf den Grund gehen willst,
lies weiter auf Seite** **101**

**Wenn du das lässt,
weil euch das Ganze nichts angeht,
lies weiter auf Seite** **10**

Du schaust dir den Tatort zusammen mit Leila an. In der Nähe entdeckt ihr die Spuren von zwei Pferden.
„Ob die Diebe geritten sind?“, überlegst du laut.
„Gut möglich“, erwidert Leila. „So konnten sie sich unserem Camp leise nähern. Mit einem Auto hätten sie zu viel Krach gemacht.“
„Wir sollten den Spuren folgen“, meinst du.
Doch Leila schüttelt den Kopf. „Nein, wir sind engagiert worden, um Roy Mitchell bei seinen Filmaufnahmen zu helfen. Wir können ihn nicht allein im Park lassen, das ist zu gefährlich.“
Da hat Leila natürlich Recht. Doch dich plagt nach wie vor ein schlechtes Gewissen. Das kann Leila natürlich nicht ahnen.

Wenn du auf eigene Faust und ohne Leila ermittelst, lies weiter auf Seite 58

Wenn du beim Filmteam bleibst, lies weiter auf Seite 77

24

Während der nächsten Tage gelingen dem Filmteam viele Aufnahmen – doch sie sind bei Weitem nicht so gut wie die, die gestohlen wurden.
Dennoch ist Mitchell einigermaßen zufrieden. Nach zwei Wochen reisen er und sein Team ab.
Monate später hörst du wieder von ihm. Der Tierfilmer führt einen Prozess gegen einen Konkurrenten namens Jason White. Mitchell behauptet, dass White seine Aufnahmen gestohlen und sie durch das Hinzufügen anderer Szenen leicht verändert habe, um sie dann als sein eigenes Werk auszugeben.
Da Mitchell keine Beweise liefern kann, verliert er den Prozess.

Ende

Da stapft ein junger Mann auf die Koppel zu und grüßt dich freundlich.
Du grüßt zurück. „Guten Tag, kann man bei Ihnen Reiterferien machen?“, fragst du, weil dir gerade nichts Besseres einfällt.
Der andere lacht. „Ja klar, wir haben jede Menge Gäste. Sie wohnen auf der Farm und brechen von hier aus zu ihren Touren auf, die auch mal mehrere Tage dauern können. Pferde-Safari nennen wir das.“ Er senkt die Stimme. „Zurzeit haben wir sogar einen echten Promi bei uns.“
„Wen denn?“, fragst du desinteressiert.
„Einen Filmemacher namens Jason White. Der dreht Tierfilme. Aber deswegen ist er nicht hier, er will nur ausspannen.“
Ein Tierfilmer? Das weckt nun doch dein Interesse. Aber bevor du noch weitere Fragen stellen kannst, führt der junge Mann einen Hengst von der Weide.
„Der braucht ein neues Hufeisen. Sein altes hat er bei der letzten Tour verloren“, erläutert er dabei.
„Wer hat das Tier geritten?“, platzt du heraus.
Der junge Mann schaut dich überrascht an. „Mister White … Aber jetzt muss ich mich an die Arbeit machen, denn ich soll auch noch eine Stute neu beschlagen.“
Es gibt also zwei Pferde, die ein Eisen verloren haben.

Wenn du dir die Stute anschaust,
lies weiter auf Seite **94**

Wenn du diesem White
auf den Zahn fühlst,
lies weiter auf Seite **117**

Du weißt, dass in östlicher Richtung ein Dorf liegt. Dorthin wollt ihr euch durchschlagen.

Ihr brecht auf, kommt aber nur langsam voran. Zum einen ist euer Pilot Hanson noch ein wenig wacklig auf den Beinen. Zum anderen jammert Polting ständig wegen seiner Schnittverletzung und verlangt immer wieder Pausen. Außerdem sind die anderen Passagiere alle keine geübten Wanderer.

Nach fünf Stunden Fußmarsch werdet ihr noch langsamer. Die ersten scheinen bereits jetzt am Ende ihrer Kräfte zu sein. Aber ihr habt noch einen weiten Weg vor euch.

Nach sechs Stunden entdeckst du eine große Herde Kaffernbüffel. Die Tiere sind mit Grasen beschäftigt, doch ein wachsamer Bulle bemerkt euch und dreht den Schädel mit den mächtigen Hörnern in eure Richtung.

Du zögerst, denn du weißt, dass Kaffernbüffel ziemlich aggressiv werden können…

Wenn du die Gruppe in einem weiten Bogen um die Büffel herumführst, lies weiter auf Seite **97**

Wenn du keinen Umweg in Kauf nehmen möchtest, weil einige aus der Gruppe zu erschöpft sind, lies weiter auf Seite **91**

Mist, hier unten hast du keinen Handyempfang! Also müsst ihr die Treppe wieder rauf.
Oben erwartet euch eine böse Überraschung: Mary mit einem Gewehr im Anschlag und einer Zigarette im Mundwinkel!
Missbilligend schüttelt sie den Kopf. „Was habt ihr da unten verloren, hä?“
Auf die Schnelle fällt euch natürlich keine plausible Erklärung ein.
Mary treibt euch in einen Kellerraum und sagt: „Ich muss euch leider einsperren, denn wir können keine Zeugen gebrauchen. Meine drei Enkel graben einen Stollen zu der Bank nebenan. Die werden wir um einige Millionen erleichtern. Das Geld steht uns zu, denn wir sind die Nachkommen von George Harrison, also von dem Mann, der einst um die Goldader betrogen wurde. Wir holen uns nur das, was der Familie Harrison gehört.“
Dann schlägt Mary die Stahltür vor eurer Nase zu. Ihr seid gefangen. Für immer.

Ende

Der Boden kommt nicht einfach auf euch zu, er schießt euch regelrecht entgegen. Jeden Moment werden die Räder den holprigen Boden berühren.
Noch einmal ziehst du die Maschine ein wenig hoch – und da geschieht ein Wunder: Das Flugzeug setzt butterweich auf.
Ihr rumpelt durchs Savannengras, das durch den brennenden Flügel Feuer fängt, und kommt schließlich zum Stehen.
Jubel brandet hinter dir auf. Die Passagiere – allen voran Waffennarr Polting – sind ganz aus dem Häuschen.
„Schnell raus, bevor die Maschine explodiert!", rufst du.
Mit Poltings Hilfe hievst du den bewusstlosen Piloten aus dem qualmenden Flugzeug.

Wenn du dafür sorgst, dass auch die Feuerlöscher mitgenommen werden, lies weiter auf Seite 60

Wenn du dafür keine Zeit hast, lies weiter auf Seite 42

30 „Kann einer von Ihnen die Maschine fliegen?“, brüllst du in den kleinen Passagierraum.

Kalkweiße Gesichter starren dich an. Allgemeines Kopfschütteln.

Das wäre ja auch zu schön gewesen!, denkst du. Also musst du es doch selbst versuchen.

Doch leider hast du schon zu viel Zeit verloren. Bevor du Hanson aus dem Pilotensessel gewuchtet hast, schlägt die Maschine auf dem Boden auf und verwandelt sich in einen Feuerball.

Ende

Es vergehen zwei quälend lange Stunden. Endlich kehrt der Tierarzt mit dem für den Transport leicht betäubten Leoparden ins Camp am Fluss zurück.
Das kleine Tier kommt auf die Krankenstation.
„Es geht ihm sehr schlecht, weil er viel Blut verloren hat", sagt der Arzt. „Ich bin mir nicht sicher, ob er durchkommt. Jetzt werde ich erst einmal die Kugel entfernen."
„Darf ich assistieren?", fragst du.
Der Tierarzt schaut dich überrascht an. „Der Kleine ist dir wohl ans Herz gewachsen, wie?"
Du nickst heftig.
„Na gut, dann wollen wir mal sehen, was sich machen lässt."
Zunächst wird das Jungtier richtig betäubt. Es bricht dir fast das Herz, als der kleine Leopard die Augen schließt. Vielleicht für immer?
Doch die Operation verläuft gut, auch dank deiner Hilfe.
Drei Tage später macht das Tier bereits seine ersten Schritte.
Du päppelst den Leoparden liebevoll auf und kannst ihn wenig später wieder in die freie Wildbahn entlassen. Dort wartet seine Mutter schon auf ihn.

Ende

Du alarmierst Leila und Jack. Gemeinsam schaut ihr nach dem Rechten.
„Ein junges Löwenmännchen – und was für ein Prachtexemplar!“, freut sich Jack.
Das Tier wird mit Wasser und noch mehr Fleisch versorgt. Dann legt ihr euch noch ein bisschen schlafen.
Im Morgengrauen ziehst du den Reißverschluss deines Zeltes herunter.
Du prallst zurück. Durch euer kleines Camp streunen mehrere junge Löwen. Vermutlich haben die Fleischköder, die in einem der Zelte in einer Kühlbox verstaut sind, die Tiere angelockt. So war das nicht geplant!

Wenn du um Hilfe rufst,
lies weiter auf Seite **21**

Wenn du das lieber lässt,
lies weiter auf Seite **65**

34

Du hältst dich an der Dachreling fest und willst dich durch die offene Scheibe in den Wagen schwingen, um die Täter auszuschalten und Leila zu befreien. So einen irren Stunt hast du schon mal im Kino gesehen.
Doch leider bist du kein Stuntman. Die Aktion geht gründlich schief. Bei deinem Versuch knallst du gegen den Türholm, fällst runter und wirst von den Hinterrädern des Autos erfasst.

Ende

Ihr rennt um euer Leben, wobei du den Leoparden fest an dich presst.
Doch die Jäger sind viel schneller und holen euch ein.
Wieder krachen Schüsse – und diesmal haben die Schurken besser gezielt …

Ende

„Das wollen wir doch mal sehen!“, rufst du und durchwühlst euren kaputten Jeep.
Rasch findest du, was du gesucht hast: den Wagenheber und den großen schweren Kreuzschlüssel, mit dem man die Muttern an den Rädern lösen kann.
Den wirfst du Leila zu. „Fang!“
Sie hat verstanden, was du vorhast, und grinst dich an.
Der Wagen der Schurken braust heran und ist nur noch fünfzig Meter von euch entfernt. Der Beifahrer hat die Scheibe heruntergelassen und den Lauf seines Gewehres auf dem Rückspiegel abgelegt.
Noch vierzig Meter, noch dreißig, noch zwanzig, noch zehn!
„Jetzt!“, rufst du.
Zwei Geschosse – ein Wagenheber und ein Kreuzschlüssel – wirbeln durch die Luft und bohren sich in die Windschutzscheibe des Jeeps.
Zwei Volltreffer! Die Wilderer sind ausgeknockt und ihr Wagen kracht gegen einen Baum.
Schnell seid ihr bei dem Jeep und fesselt die Täter. Wenig später ist Hilfe da. Der Leopard kommt zum Tierarzt, der ihn erfolgreich operiert, und die Schurken wandern ins Gefängnis.

Ende

Du gibst die Information an euren Chef Jack weiter, der wiederum die Polizei in Johannesburg einschaltet.
Die beiden Wilderer landen im Gefängnis. Der Mann, der euch den Namen seines Bosses verraten hat, bekommt ein paar Monate weniger aufgebrummt.
Ein halbes Jahr vergeht. Immer wieder erkundigst du dich, ob die Polizei diesen Big Smash verhaftet hat. Doch nichts dergleichen passiert. Die Nachforschungen verlaufen im Sande, der Mann wird niemals gefasst.
Das ist ziemlich frustrierend für dich und du fragst dich irgendwann, ob die Gerüchte stimmen, dass einige Polizisten in Joburg bestechlich sind.
Vielleicht hat Big Smash Geld gezahlt, damit man ihn nicht behelligt. Du hast dafür natürlich keine Beweise und musst die Sache auf sich beruhen lassen.

Ende

38

„Sehr freundlich von dir“, loben dich die Wilderer, nachdem du ihre Fesseln gelöst hast.
„Gebt mir das Geld!“, forderst du.
Einer der Wilderer hebt die Augenbrauen. „Geld? Welches Geld?“
„Tu nicht so! Du weißt genau, was ich meine!“
Der Wilderer lächelt dich unergründlich an. Dann zieht er ein Messer aus dem Stiefelschaft und zischt: „Geld bekommst du nicht, aber das hier kannst du haben!“
Das Letzte, was du siehst, ist das Messer, mit dem er ausholt.

Ende

Ihr setzt euch auf einen Bordstein in der Nähe des Lokals und beobachtet erst einmal den Laden. Dabei beratschlagt ihr, wie ihr weiter vorgehen sollt.
Da tippt dir jemand auf die Schulter. „He, was soll das werden?“
Du drehst dich um und starrst in das unrasierte Gesicht eines Mannes, der eine Sonnenbrille trägt.
„Was soll was werden?“
„Tu nicht so blöd“, zischt der Mann. „Ihr sitzt hier rum und starrt auf die Moonlight-Bar. Ich gehöre zum Personal und soll dafür sorgen, dass genau das nicht passiert. Wir haben nämlich keine Lust auf Schnüffler wie euch.“
„Aber nein“, sagt Leila freundlich. „Wir sind rein zufällig hier.“
„Was du nicht sagst. Und ich habe rein zufällig das hier dabei“, höhnt der Kerl und zückt ein Messer mit einer furchtbar langen Klinge. „Lasst euch nie wieder hier blicken!“
Ihr gehorcht und gebt die Suche nach Big Smash auf. Denn schließlich weiß zumindest einer seiner Leute, wie ihr ausseht …

Ende

„Bin gleich wieder zurück", sagst du zu Leila und flitzt zu euren Zelten. Du hast Angst, dass jemand etwas stehlen könnte.
Nur wenige Meter von Roy Mitchells Zelt entfernt bleibst du entsetzt stehen. Was ist das?
Eine Gestalt macht sich am Eingang zu schaffen. In den Händen hält sie einen Speer und eine Taschenlampe.
Du schleichst weiter und trittst dabei auf einen trockenen Ast. Es knackt laut.
Der Unbekannte wirbelt herum und leuchtet sich von unten mit der Lampe ins Gesicht.
Dir gefriert das Blut in den Adern. Das Gesicht der Gestalt ist leichenblass, aus den Mund- und Augenwinkeln fließen feine Rinnsale aus Blut. Eine Fratze des Todes.

**Wenn du wegläufst,
lies weiter auf Seite** 54

**Wenn du dich mit dem Typ anlegst,
lies weiter auf Seite** 72

42

Endlich seid ihr alle draußen. Doch das Feuer hat rasend schnell um sich gegriffen. Der Rauch in der Savanne ist so dicht, dass du kaum die Hand vor Augen sehen kannst. Sich zu orientieren, ist unmöglich.
Deine Augen beginnen zu tränen, du musst husten. Gemeinsam sucht ihr nach einem Ausweg aus der Flammenhölle.
Leider vergeblich ...

Ende

Obwohl dich die anderen wegen ihres entsetzlichen Durstes verfluchen, setzt du dich durch – ihr übernachtet in der Savanne. Doch bevor du dich schlafen legst, nimmst du den einstündigen Marsch zum Fluss auf dich und füllst sämtliche Feldflaschen. Unversehrt kehrst du zurück und verteilst die köstliche Erfrischung. Die Safari-Gäste sind dir sehr dankbar. Nachts schiebst du abwechselnd mit Hanson Wache. Man kann ja nie wissen. Es kommt jedoch kein gefährliches Raubtier in eure Nähe.

Am nächsten Morgen brecht ihr in aller Frühe auf und marschiert weiter durch die Savanne. Irgendwann wird für die Touristen jeder Schritt zur Qual, aber du munterst sie immer wieder auf.

Endlich haben die Strapazen ein Ende – gegen Abend erreicht ihr das Dorf. Dort kümmert man sich rührend um euch. Später werdet ihr mit Jeeps zu eurem Camp am Letaba-Fluss zurückgebracht.

Alle Safari-Teilnehmer haben den Absturz und den gefährlichen Marsch durch die Savanne gut überstanden – dank deiner Führung!

Ende

Am nächsten Morgen folgt der Schock. Jemand hat die Kamera mit den wertvollen Aufnahmen gestohlen! Auch der Laptop mit dem auffälligen Elefanten-Aufkleber, auf dem die Aufnahmen zusätzlich abgespeichert waren, ist weg.

Mitchell tobt: „Meine ganze Arbeit war umsonst! Wie konnte das nur passieren?"

Er streift dich und Leila mit einem scharfen Blick: „Ich hatte erwartet, dass ihr Ranger mich und mein Team vor Dieben schützt."

Mit einem schlechten Gewissen schaust du zu Boden. Wahrscheinlich wäre der Diebstahl zu verhindern gewesen, wenn du in der vergangenen Nacht nach dem Rechten geschaut hättest.

Gut, dass das niemand weiß, denn das könnte dich den Job kosten.

Mitchell beruhigt sich wieder und steckt schon wenig später voller Tatendrang. „Dann fangen wir eben noch mal von vorne an!"

**Wenn du versuchst,
den Diebstahl aufzuklären,
lies weiter auf Seite 23**

**Wenn du das nicht versuchst,
lies weiter auf Seite 24**

Hilfe! Der Fluss kommt immer näher! Du konzentrierst dich und entwickelst ungeahnte Fähigkeiten!
Jetzt berührt die Maschine das Wasser – prompt wird das Fahrwerk abgerissen. Dann saust der Rumpf über den Fluss. Wasser spritzt gegen die Scheibe.
Bremsen, bremsen!, flehst du.
Das übernimmt der brennende Flügel für dich, der in die Fluten eintaucht. Das Feuer ist gelöscht! Ruckartig dreht sich die Maschine, wird langsamer und treibt schließlich auf dem Fluss dahin.
„Geschafft!", jubelst du, während hinter dir heftig geklatscht wird.
Doch die Freude währt nicht lange – Wasser dringt in den Rumpf ein. Das sorgt immerhin dafür, dass Pilot Hanson wieder zu Bewusstsein kommt.
„Raus, wir müssen schnell raus, bevor wir sinken!", rufst du ihm, Polting und den Safari-Gästen zu und öffnest die Tür. Über eine der Tragflächen willst du das Flugzeug mit den anderen verlassen. Doch da schwimmen vier Krokodile auf euch zu.

Wenn du trotzdem auf die Tragfläche gehst, lies weiter auf Seite 76

Wenn du lieber in der Maschine bleibst, lies weiter auf Seite 59

„Hi, ich bin Roger", stellst du dich mit falschem Namen vor. „Und Sie sind der Mann, den man Big Smash nennt, richtig?"
Dein Gegenüber verzieht keine Miene, schaut dich nur mit seinen großen dunklen Augen an. Es ist ein prüfender, durchdringender Blick, der dich unsicher macht.
„Soso, du bist also Roger", sagt er schließlich.
Du nickst heftig. „Ja, und ich wollte Sie fragen, ob ..."
Mit einer Handbewegung bringt dich der Mann zum Schweigen. „Merkwürdig, vorhin hast du dich noch Bill genannt. Ich glaube, dass du ein gottverdammter kleiner Lügner bist", sagt er mit Nachdruck.
Dir wird heiß. Woher weiß der Kerl das?
„Du warst mit deiner Freundin bei einem Händler. Unter dem Namen Bill hast du nach Nashornpulver gefragt. Der Händler nannte meinen Namen und den meiner Bar", fährt Big Smash seelenruhig fort. „Doch der Händler steht auf meiner Gehaltsliste und hat mir gleich brühwarm von euch zwei Schnüfflern berichtet."
Plötzlich liegt ein schwerer Colt auf dem Tisch. „Und jetzt, Bill oder Roger, wirst du mit deiner Freundin ganz schnell abhauen und nie wieder hier auftauchen. Ist das klar?"
Sonnenklar! Noch nie hast du ein Lokal so schnell verlassen.

Ende

„Habe ich es mir doch gedacht!“, rufst du. „Ein Gewehr! Das brauchen Sie hier nicht.“

Polting wird wütend und schüttelt dich. „Das hast du nicht zu entscheiden! Was glaubst du, wer du bist, hä? Ich habe für diese Safari und mein Gepäck bezahlt. Was ich mitnehme, ist meine Sache. Mach deine Arbeit, sonst werde ich dir …“

„Lassen Sie Bill los, er macht nur seinen Job“, erklingt da die ruhige Stimme von Pilot Hanson. „Sie müssen das Gewehr im Camp lassen, Mister Polting.“

Nur äußerst widerwillig fügt sich der Tourist.

Dann hebt ihr ab. Euer Ziel ist eine Wasserstelle, an der sich besonders viele Tiere versammeln.

Der Himmel ist strahlend blau. Unter dir breitet sich die Savanne aus. Ihr gleitet über weite Ebenen und sanfte Hügel, auf denen Affenbrotbäume, Buschweiden und Süßdornakazien wachsen. Dann entdeckst du die ersten Tiere.

„Sehen Sie, da vorne sind Leierantilopen!“, rufst du den Touristen zu.

Begeistert schießen sie Fotos. Doch da beginnt der Motor zu stottern.

„Verdammt, wir haben ein Problem!“, ruft Hanson.

Wenn du dir einen Fallschirm schnappst und abspringst, lies weiter auf Seite 20

Wenn du an Bord bleibst, lies weiter auf Seite 64

Mit drei Jeeps fahrt ihr los. Zu deinem Team gehören Leila, euer Boss Jack, ein Tierarzt und mehrere bewaffnete Ranger. „Die jungen Löwenmännchen leben die ersten zwei bis drei Jahre im Rudel, doch sobald sie geschlechtsreif sind, werden sie vertrieben. Meistens schließen sie sich zu rein männlichen Rudeln zusammen und machen Ärger, indem sie in die Reviere der anderen Rudel eindringen und versuchen, den Anführer zu töten“, erläutert Jack. „Gelingt ihnen das, töten sie auch den Nachwuchs des Besiegten. Höchstens drei Jahre bleibt der neue Chef an der Spitze des Rudels, dann wird auch er von einem jungen Löwen vertrieben oder totgebissen.“
Auf einem Hügel haltet ihr an, um die Lage zu peilen. In dieser Gegend hat Jack vor ein paar Tagen ein Rudel junger Löwen gesehen. Dann legt ihr einen Köder aus Fleisch in einem Stahlkäfig mit Fallgitter aus und zieht euch hinter ein paar Büsche zurück. Stundenlang geschieht nichts.
Ihr beschließt dort zu übernachten.
In den frühen Morgenstunden schreckst du aus dem Schlaf hoch. War das eben ein Brüllen?

Wenn du die Falle allein kontrollierst,
lies weiter auf Seite **13**

Wenn du Leila und Jack alarmierst,
lies weiter auf Seite **32**

Während ihr vor dem Jeep auf den Arzt wartet, nähert sich euch ein Tier. Es ist die Mutter des jungen Leoparden.
Die Schüsse der Wilderer haben sie vertrieben, doch jetzt kehrt sie zurück und hat die Witterung ihres Jungtieres aufgenommen.
Die fünfzig Kilo schwere Großkatze schleicht, verdeckt vom Gras der Savanne, völlig geräuschlos an euch heran.
Von der offenen Ladefläche ist das Maunzen des jungen Leoparden zu hören.
Die Mutter verharrt einen Moment lang, dann geht sie zum Angriff über.
Sie kann nicht wissen, dass ihr es mit ihrem Nachwuchs nur gut meint und ihm helfen wollt. Die Leopardin gehorcht ihrem Mutterinstinkt, sie will nur eins: ihr Jungtier retten, es gegen die Menschen verteidigen.
Als ihr den Schatten auf euch zufliegen seht, ist es schon zu spät. Gegen die wütende Leopardin habt ihr keine Chance.

Ende

Du traust den beiden nicht. „Vielen Dank, aber wir warten lieber auf die Leute aus unserem Camp. Die werden den Jeep abschleppen und sich um den verletzten Leoparden kümmern“, erwiderst du kühl.
„Ganz wie ihr wollt“, sagt der Beifahrer und lässt die Scheibe wieder hoch.
Sofort funkst du das Camp an. Man verspricht, schnell Hilfe zu schicken.
Keine zehn Minuten später peitscht ein Schuss. Die Kugel verfehlt euch nur knapp.
„Was soll das?“, rufst du entsetzt.
Dann siehst du den Jeep der beiden Typen, mit denen ihr euch gerade unterhalten habt.
„Das sind bestimmt Wilderer“, sagt Leila. „Sie haben ihre Gewehre geholt und wollen den jungen Leoparden rauben!“

Wenn ihr weglauft,
lies weiter auf Seite **35**

Wenn ihr versucht, den kleinen Leoparden
irgendwie zu verteidigen,
lies weiter auf Seite **36**

Die Maschine gehört dem zahnlosen alten Sam.
Als er hört, was vorgefallen ist, nuschelt er: „Die kriegen wir!“
„*Wir?* Du willst mit?“
„Klar, ich liebe die Jagd“, sagt Sam und nimmt einen tiefen Schluck aus seiner Schnapsflasche. Dann stakst er etwas unsicher zu seinem Gefährt, das mindestens so alt ist wie er selbst. Mit einem flauen Gefühl im Magen setzt du dich hinter Sam und sagst ihm, in welche Richtung die Täter mit Leila und dem Leoparden geflohen sind.
„Das haben wir gleich“, lallt Sam, nimmt einen weiteren Schluck aus der Flasche und startet den Motor.
„Nicht so schnell!“, schreist du, als ihr in einem irren Tempo durch das Dorf brettert.
Sam dreht sich zu dir um. „Hast du was gesagt?“
„Guck auf die Straße, verdammt noch mal!“
„Wieso, die kenne ich doch“, lacht der alte Mann, tut dir dann aber doch den Gefallen.
Hinter dem Kaff liegt eine weite Ebene. Daher kannst du den Jeep mit den Entführern rasch entdecken.
Sam rast wie ein Henker und holt den Wagen ein.
„Nimm meine Knarre und baller auf die Reifen“, sagt Sam.

Wenn du das tust,
lies weiter auf Seite **92**

Wenn du stattdessen versuchst,
den Jeep zu entern, lies weiter auf Seite **100**

Ihr protestiert weiter – bis es dem Beifahrer endgültig reicht. Er richtet eine Pistole auf euch.

„Hört zu, ihr Nervensägen: Wir fahren jetzt zur Grenze nach Mosambik", kündigt er an. „Dort steigt ihr aus. Wenn ihr brav seid, lasse ich euch am Leben. Wir behalten den Leoparden, für den man uns ein hübsches Sümmchen zahlen wird. Ist das klar?"

Ihr habt keine Wahl, ihr müsst gehorchen.

Eine Stunde später findet ihr euch ohne das arme Leopardenbaby an der Grenze wieder und schaut dem Jeep mit den beiden Schurken nach, der immer kleiner und kleiner wird …

Ende

In der Herberge geht es tierisch laut zu, aber dafür ist sie billig und einigermaßen sauber.
Am nächsten Morgen beginnt ihr mit den Recherchen. Ihr streift über die Märkte, wo Spielzeug, Klamotten und Haushaltsgegenstände aller Art angeboten werden, und schaut euch gründlich um.
„Vielleicht finden wir hier jemanden, der mit aus Horn geschnitzten Gegenständen oder angeblichen Wunderheilmitteln handelt", meinst du leise zu Leila. „Das könnte eine Spur sein."
Gegen Mittag stoßt ihr auf einen Mann, der allerlei Tinkturen, Säfte, Kräuter und Pülverchen verkauft.
„Hi, ich bin Bill", begrüßt du den Händler freundlich und kommst dann gleich zur Sache. „Wir suchen zerstoßenes Nashorn."
Der Kehlkopf des Händlers hüpft wie ein Jo-Jo. „Oh, so etwas habe ich nicht. Das hat hier nur einer …"
„Wer?"
Der Händler beginnt zu zittern. „Wenn ich den Namen nenne, bin ich so gut wie tot."
Du steckst dem Kerl einen Geldschein zu. Das lockert seine Zunge. „Er heißt Big Smash. Versucht es mal in der Moonlight-Bar", wispert er. Dann erklärt er euch den Weg dorthin.
Kurz darauf steht ihr vor dem Schuppen. Bewaffnete Typen lungern am Eingang herum und mustern euch abschätzig.

Wenn du die Bar betreten willst,
lies weiter auf Seite **55**

Wenn du das lieber lässt,
lies weiter auf Seite **39**

Du machst auf dem Absatz kehrt und rennst los. Nichts wie
54 weg hier!

Da holt die unheimliche Gestalt mit dem Speer aus und schleudert ihn dir hinterher.

Leider hat der Unbekannte sehr gut gezielt, die Waffe trifft dich mit tödlicher Genauigkeit …

Ende

Ihr wollt möglichst lässig an den Typen mit den Knarren vorbeigehen.
„Stopp, was wollt ihr?“, grunzt einer der Kerle und beginnt, demonstrativ mit seiner Pistole zu spielen.
„Geschäfte machen“, gibst du cool zurück.
„Richtig“, ergänzt Leila. „Und wenn du uns nicht zu deinem Boss lässt, wird er ziemlich sauer sein, weil ihm eine Menge Kohle entgeht.“
Der Mann lacht auf. „Ihr riskiert eine ganz schön dicke Lippe. Und ich glaube euch kein Wort, denn ihr zwei seht nicht so aus, als hättet ihr viel Geld. Also: Haut ab!“
Da ihr nicht sofort spurt, richtet der Gangster die Knarre auf euch. „Wird's bald?“
Notgedrungen gehorcht ihr und zieht euch in einen nahe gelegenen Schnellimbiss zurück.
„Das wird mir zu gefährlich“, sagt Leila. „Die gehen ja sofort mit der Waffe auf einen los. Wir sollten das Ganze lieber abbrechen.“

**Wenn du ihr zustimmst,
lies weiter auf Seite 90**

**Wenn du noch nicht aufgeben willst,
lies weiter auf Seite 98**

Der kleine Leopard guckt dich mit seinen großen bernsteinfarbenen Augen an und maunzt kläglich. Der Arme scheint große Schmerzen zu haben. Aus der Wunde sickert immer wieder Blut.

„Wir müssen die Blutung stoppen", sagst du zu Leila. „Hol bitte das Verbandszeug."

Notdürftig verbindet ihr das Tier. Als du den Leopard anfasst, spürst du, wie schnell sein kleines Herz schlägt.

Ihr müsst euch beeilen. Zum einen könnte seine Mutter jeden Moment aufkreuzen und euch angreifen. Zum anderen hat euer Patient bereits eine Menge Blut verloren.

Schließlich sitzt der Verband. Doch schon nach kurzer Zeit ist er blutdurchtränkt.

„Der Leopard muss sofort zu einem Tierarzt", sagst du voller Angst, während du das kleine Fellbündel zum Jeep bringst.

„Die Frage ist nur, ob er die Fahrt überlebt", erwidert Leila düster.

Wenn ihr auf den Arzt wartet,
lies weiter auf Seite **49**

Wenn du den Leopard
zu eurem Camp bringen willst,
lies weiter auf Seite **109**

„Okay, dann bleibst du beim Filmteam und ich kümmere mich um die Diebe“, sagst du mit einer Stimme, die keinen Widerspruch duldet. Dann holst du dir das Okay von Mitchell.
Anschließend folgst du der Spur. An einem Bach findest du ein Hufeisen, das du einsteckst.

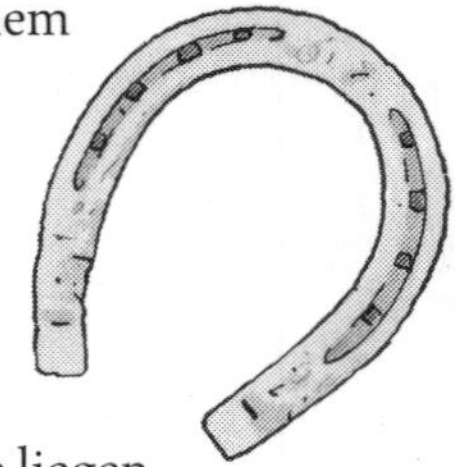

Du hockst dich ans Ufer und denkst scharf nach. Wer hat hier in der Nähe überhaupt Pferde?
Nur zwei Farmer fallen dir ein. Ihre Höfe liegen direkt an der Grenze zum Kruger National Park, der eine im Norden, der andere im Westen. Die Spuren des Reiters führen nach Westen.
Mit einem Jeep fährst du dorthin. Die Farm besteht aus einem stattlichen Haupthaus sowie mehreren Ställen und Wirtschaftsgebäuden. Einige Pferde grasen auf einer Koppel, während dich eine Stute aus einem Stallfenster erwartungsvoll anschaut.

Wenn du die Ställe heimlich unter die Lupe nimmst, lies weiter auf Seite **93**

Wenn du dich auf der Koppel umschaust, lies weiter auf Seite **116**

Schnell zurück und die Tür zu!
Doch das Wasser steigt unaufhaltsam in die Maschine und reicht dir schon bald bis zur Hüfte! Verdammt – und jetzt?
Ein heftiger Schlag erschüttert das Flugzeug. Ihr seid auf einen spitzen Stein gekracht. Ein hässlicher Riss tut sich im Flugzeugrumpf auf, das Wasser schießt in das Wrack.
Ihr habt keine Chance.

Ende

Mithilfe der Feuerlöscher schafft ihr es, euch einen Weg durch die Flammen zu bahnen. Euren Piloten Hanson schleppt ihr aus der Gefahrenzone in den Schatten eines Baumes.
Jetzt seid ihr erst mal in Sicherheit. Zum Glück kommt Hanson rasch zu sich. Er gratuliert dir zur Notlandung.
„Wir haben kein Funkgerät, um Hilfe zu holen", erklärst du der Gruppe. „Und ein Handynetz gibt es hier nicht. Also sind wir auf uns selbst gestellt."
Du siehst den Touristen an, dass ihnen das gar nicht passt. Sie wirken regelrecht verängstigt – vor allem Polting, der sich bei der Notlandung eine tiefe Schnittwunde am Arm zugezogen hat.
„Das muss genäht werden", sagst du und gehst zu einem Termitenhügel in der Nähe. Dort fängst du eine aggressive Soldaten-Termite und hältst sie an die Wunde. Sofort verbeißt sich das Tier darin und Polting jault auf.
„Ganz ruhig", mahnst du und drehst den Kopf der Termite ab – und schon ist die Wunde mit den Beißwerkzeugen der Termite geklammert! Diesen Vorgang wiederholst du mehrfach, bis die Wunde geschlossen ist.
Polting ist kreidebleich, als er stammelt: „Danke! Aber wie geht es jetzt weiter?"

Wenn ihr versucht, euch zu Fuß zum nächsten Dorf durchzuschlagen, lies weiter auf Seite **26**

Wenn ihr vor Ort auf Hilfe wartet, lies weiter auf Seite **83**

In den frühen Morgenstunden kehrt ihr zu euren Zelten zurück – und erlebt eine böse Überraschung. Jemand hat eure Behausungen durchwühlt und das Bargeld sowie die Teile der Filmausrüstung, die bei dem nächtlichen Einsatz nicht gebraucht wurden, mitgehen lassen.
Roy Mitchell ist außer sich vor Wut und Enttäuschung. Denn um seine Arbeit fortzusetzen, muss er erst einmal die gestohlenen Teile ersetzen.
Der ganze Ärger hätte vermieden werden können, wenn du vorhin Alarm geschlagen hättest.

Ende

Ihr bleibt auf der geplanten Route. Da bemerkt ihr eine kleine Herde Breitmaulnashörner, die panisch über die Savanne donnert.

„Das ist ungewöhnlich", sagst du zu Leila. „Nashörner schlafen tagsüber doch meistens. Etwas muss sie aufgeschreckt haben."

Leila beobachtet die knapp zwei Meter hohen und rund zweitausend Kilo schweren Tiere mit ihrem Fernglas. Jetzt gerät ein anderer Jeep in ihr Blickfeld.

„Der Beifahrer schießt auf die Nashörner!", ruft Leila wütend. „Das müssen Wilderer sein."

Du gibst Vollgas und nimmst die Verfolgung auf. Diesen Mistkerlen muss das Handwerk gelegt werden! Schon hast du die Typen eingeholt, die euch noch nicht bemerkt haben. *Rums!* Du rammst die Karre der Täter von hinten. Prompt verliert der Fahrer die Kontrolle über das Fahrzeug und kracht gegen einen Baum, während die Nashörner alle unverletzt entkommen können. Die Wilderer sind beide leicht benommen und ihr könnt sie fesseln. Dann funkt ihr euren Teamleiter Jack an und berichtet stolz von eurem Fang. Er will Verstärkung schicken, um die Täter einzusammeln.

Wenn du die Zeit nutzt,
um die Wilderer zu verhören,
lies weiter auf Seite 105

Wenn du das nicht tust,
lies weiter auf Seite 81

Du darfst die Arbeit von Jack und den anderen nicht sabotieren, sagst du dir.
Also gehst du zurück zu deinem Zelt, um dich wieder schlafen zu legen. Morgen wird bestimmt wieder ein anstrengender Tag.
Auf dem kurzen Rückweg bekommst du einen Mordsschreck. Denn plötzlich bist du von mehreren jungen Löwen umzingelt. Wollen sie die Gefangennahme ihres Rudelmitglieds rächen oder haben sie einfach nur Hunger?
Wie auch immer, du endest als Mitternachts-Snack für die junge Löwenbande.

Ende

Du stürzt ins Cockpit. „Was ist los?“
„Keine Ahnung, der Motor hat Aussetzer, wir verlieren an Höhe!“, keucht Pilot Hanson.
Schon kippt die Propellermaschine nach unten, der Savannenboden schießt auf euch zu.
Verzweifelt versucht Hanson, die Nase des Kleinflugzeugs nach oben zu ziehen, doch das misslingt.
„Mayday! Mayday!“, schreit der Pilot ins Mikrofon. Dann sackt er in sich zusammen.
Oh Gott, Hanson hat einen Kreislaufzusammenbruch erlitten! Was sollst du nur tun?

Wenn du versuchst, eine Notlandung hinzulegen, lies weiter auf Seite 103

Wenn du fragst, ob einer der Passagiere die Maschine steuern kann, lies weiter auf Seite 30

Du peilst die Lage. Dann schleichst du zum Zelt, in dem der Tierarzt schläft, und weckst ihn.
Der Mann ist sofort hellwach. Er bestückt sein Gewehr mit Betäubungsmunition und schießt durch einen Spalt des Zelteingangs auf die schönen Tiere.
Der Doc trifft mit sagenhafter Genauigkeit und wenig später könnt ihr sechs junge männliche Löwen einsammeln. Mehr könnt ihr gar nicht transportieren!
„Unsere Jagd war ein voller Erfolg!“, freut sich Jack und lobt dich vor versammelter Mannschaft. „Das haben wir vor allem deiner Umsicht zu verdanken, Bill! Jetzt wird es weniger Revierkämpfe geben.“

Ende

Nach langem Zögern ist euer Boss Jack einverstanden und erlaubt euch, Nachforschungen in Johannesburg anzustellen. „Viele Polizisten in Joburg sind bestechlich. Gut möglich, dass dieser Big Smash sie geschmiert hat, damit sie ihn in Ruhe lassen und er seinen dreckigen Geschäften nachgehen kann“, grummelt er. „Vielleicht findet ihr mehr heraus als die Beamten. Ihr seid schließlich unbestechlich.“

Mit dem Bus braucht ihr etwa sechs Stunden bis nach Johannesburg mit seinen knapp vier Millionen Einwohnern. Ganz wohl ist dir nicht. Die Stadt hat dank ihrer Museen zwar viel zu bieten, aber es gibt hier jede Menge Armut und Kriminalität. Mehr als jeder Dritte hat keinen Job, die Mordrate zählt zu den höchsten der Welt. Dennoch bist du fest entschlossen, diesem Big Smash und seinen Wilderern das Handwerk zu legen.

In Joburg wollt ihr euch als Interessenten für das Horn von Breitmaulnashörnern ausgeben und so dem brutalen Boss auf die Schliche kommen.

Gegen Abend gelangt ihr in das Viertel Soweto mit seinen Tausenden von Straßenhändlern.

**Wenn ihr euch eine Pension sucht,
lies weiter auf Seite** 69

**Wenn ihr in einer
Jugendherberge übernachtet,
lies weiter auf Seite** 53

Du löst den Gurt, reißt die Tür auf und springst hinaus. Als du auf dem Boden aufkommst, rollst du dich geschickt über die Schulter ab.
Ein panischer Blick zum Jeep. Die Bremslichter leuchten auf. Dann wendet der Wagen.
Sie kommen! Sie jagen dich!
Du preschst ins Dorf. Beim Laufen wirfst du einen Blick über die Schulter und siehst, wie die Jäger die Verfolgung aufgeben. Im Dorf gibt es wohl zu viele Zeugen.
Mit einem Klumpen im Magen siehst du dem Auto nach. Wegen des verletzten Leoparden auf ihrem Schoß konnte Leila nicht aus dem Jeep springen.
Was haben die Entführer vor? Hoffentlich tun sie Leila und dem Leoparden nichts an.
Du straffst die Schultern, du musst Leila unbedingt helfen! Nur wie?
Da fällt dein Blick auf ein uraltes Motorrad, das vor dem einzigen Laden in diesem Kaff steht. Der Schlüssel steckt …

**Wenn du dir das Motorrad „ausleihst“,
lies weiter auf Seite** **86**

**Wenn du erst den Besitzer fragst,
ob du das darfst,
lies weiter auf Seite** **51**

Viel Geld habt ihr nicht, es reicht nur für eine sehr einfache Pension, die neben einer Bankfiliale liegt.
Der düstere Schuppen mit seinen gerade mal fünf Gästezimmern wird von einer uralten Witwe namens Mary Harrison geführt. Sie raucht Kette und hat eine raue Stimme.
„Wollt ihr euch noch zu mir setzen?", fragt sie.
„Gern!", sagst du. Vielleicht kann Mary euch einen Tipp geben, wie ihr an diesen Big Smash herankommt.
Doch das kann sie leider nicht, den Namen hat sie noch nie gehört.
„Wisst ihr eigentlich, dass Joburg in der Zulu-Sprache *Egoli* heißt?", schneidet sie ein neues Thema an.
„Klar", antwortet Leila. „Das bedeutet so viel wie *Ort des Goldes*. Kein Wunder, schließlich wurde diese Stadt auf einer siebenundneunzig Kilometer langen Goldader errichtet!"
Mary nickt. „Aber wisst ihr auch, wer diese Ader entdeckt hat?"
Ihr verneint.
„Wollt ihr die Geschichte hören? Sie dauert aber ein wenig …"
Du gähnst verstohlen. Die Fahrt war lang und diese Mary hört sich offenbar gerne reden …

Wenn du zuhörst,
lies weiter auf Seite **111**

Wenn du lieber schlafen gehst,
lies weiter auf Seite **71**

70

Es ist weit nach Mitternacht, als du aus dem Schlaf schreckst, weil sich dein winziges Ein-Mann-Zelt bewegt hat. Schlaftrunken richtest du dich auf. Was war das? Ist jemand im Dunkeln über eine der Zeltschnüre gestolpert? Oder war das ein Tier?

**Wenn du nachsiehst,
lies weiter auf Seite** 108

**Wenn du liegen bleibst,
lies weiter auf Seite** 44

Die Matratze ist zu weich und vermutlich genauso alt wie Mary. Entsprechend gerädert wachst du am nächsten Morgen auf.
Nach einem einfachen Frühstück machst du dich mit Leila auf die Suche nach Big Smash.
Schließlich bekommt ihr einen Tipp: Ihr sollt euch in einer bestimmten Bar nach ihm erkundigen – in der Moonlight-Bar.
Davor stehen allerdings ein paar Wächter, die knallhart aussehen.

Lies weiter auf Seite 55

Du schluckst. Dann reißt du dich zusammen und rufst dem Typ zu: „Pass auf, du Vogelscheuche, mich kannst du nicht erschrecken!“
Da holt der Unbekannte mit dem Speer aus und wirft ihn auf dich.
Du duckst dich im letzten Moment. Die Spitze der Waffe bohrt sich in einen Baum.
„Und jetzt, du Pfeife?“, verhöhnst du die gruselige Gestalt. „Was hast du noch zu bieten?“
Offenbar nichts. Der Unbekannte ergreift die Flucht.
Du jagst dem Kerl hinterher – doch der Mann ist ein schneller Läufer. Es gelingt dir daher nicht, ihn einzuholen.
Schließlich verschwindet er in einem winzigen Dorf, einer Ansammlung von düsteren Hütten.

**Wenn du Hilfe holst,
lies weiter auf Seite 114**

**Wenn du das Dorf betrittst,
lies weiter auf Seite 75**

„Halt endlich den Mund!“, herrschst du den Wilderer an und schließlich tut dir der Kerl den Gefallen.
Wenig später kommt Teamleiter Jack mit einigen anderen Wildhütern und zwei Polizisten.
Die Wilderer werden weggebracht und ihr bekommt von allen Seiten viel Lob.
Außerdem erhaltet ihr eine stattliche Belohnung: jeder fünftausend Rand!

Ende

Ihr umrundet die Halle und entdeckt dabei ein Fenster, das mit weißer Farbe angemalt ist, um neugierige Blicke abzuwehren. Ihr kratzt ein Guckloch in die Farbe und schaut hindurch … Schreck lass nach! Da steht der Mann mit dem Anzug! Jetzt reißt er das Fenster auf, packt dich und zerrt dich in das Lager. Leila kann jedoch entkommen.

Der Mann verhört dich. Währenddessen beginnen seine Komplizen, irgendwelche Kartons wegzuschaffen.

Keine zehn Minuten später ist die Polizei da, die von Leila alarmiert wurde.

Du wirst befreit. Die Typen in der Halle, allen voran der Dicke im Anzug, geben an, dass man dich für einen Einbrecher gehalten habe, der gerade durch das Fenster in die Halle einsteigen wollte. Die Beamten durchsuchen die Räumlichkeiten, finden aber keine Tierhörner.

Kein Wunder, die haben die Typen gerade weggeschafft, denkst du. Doch das kannst du nicht beweisen.

Da die Verdächtigen jetzt eure Gesichter kennen, könnt ihr nicht mehr weiterermitteln und kehrt in den Kruger National Park zurück. Ihr tröstet euch damit, dass ihr immerhin versucht habt, den Fall zu lösen.

Ende

Dein Plan sieht so aus: Du willst erst herausfinden, in welcher Hütte sich der Kerl versteckt hat, ihn dann überraschen und dabei außer Gefecht setzen.
Du schleichst durchs Dorf. Vielleicht verrät sich der Kerl ja durch ein Licht, das er unvorsichtigerweise angemacht hat.
Plötzlich bemerkst du neben dir einen Lichtschein. Du schaust zur Seite.
Oh nein!
Dort steht ein großer Mann mit einer Art Kriegsbemalung und einem Speer. Du weichst zurück, einen Schrei auf den Lippen. Doch du kannst nicht fliehen, denn jetzt kommen von allen Seiten Krieger auf dich zu.
Sie jagen dich – und sie kriegen dich.

Ende

Du balancierst über den Flügel, während die anderen erst einmal im langsam sinkenden Wrack abwarten, wie das Ganze ausgeht.

Sehr mutig von ihnen!, denkst du.

Aber vielleicht haben sie auch Recht, denn die Krokodile kommen immer näher! Schon schnappen sie nach dir. Eines der Biester erwischt einen Zipfel deiner Hose und reißt ihn ab.

Oh Gott, das geht nicht gut!

Du atmest tief durch und peilst die Lage. Das rettende Ufer ist etwa drei Meter von der Spitze der Tragfläche entfernt. Wenn du Anlauf nimmst und einen weiten Satz machst, könntest du es schaffen.

**Wenn du den Sprung riskierst,
lies weiter auf Seite** **9**

**Wenn du dir etwas anderes einfallen lässt,
lies weiter auf Seite** **84**

Brav machst du deinen Job und führst Roy Mitchell zu weiteren interessanten Stellen, wo ihm großartige Aufnahmen gelingen. In den darauffolgenden Nächten wird die filmische Ausbeute bestens bewacht – und zwar von dir höchstpersönlich.

Nach vierzehn Tagen voller aufwendiger Dreharbeiten ist Mitchell trotz des Diebstahls sehr zufrieden. Er bedankt sich bei Leila und dir für eure Hilfe.

Ihr werdet sogar im Abspann des Films über die Elefanten im Kruger National Park erwähnt.

Ende

Zu euren Aufgaben gehört es aber auch, die Tiere zu schützen. Denn oft gehen die Parkbesucher bei der Jagd nach Fotomotiven äußerst rücksichtslos vor und gefährden vor allem die Jungtiere.

Eine weitere Gefahr sind die brutalen Wilderer, die die Tiere abschießen, um ihr Fell oder ihr Elfenbein zu verkaufen.

Um Punkt neun Uhr seid ihr bei Jack, einem großen bärtigen Mann. Jack leitet das Team der Wildhüter. Auch die anderen Ranger sind da. Zusammen seid ihr etwa zwanzig Leute.

„Guten Morgen", sagt Jack zur Begrüßung. „Es gibt wieder mal eine Menge zu tun. Wir werden uns wie üblich aufteilen."

Ihr seid ganz Ohr.

Jack wirft einen Blick auf seinen Laptop, dann fährt er fort: „Einer von euch soll in einer Privatmaschine mitfliegen. An Bord werden gut betuchte Touristen sein, die Löwen beobachten möchten. Die anderen Ranger werden in Zweierteams im Park patrouillieren und aufpassen, dass keine Wilderer auftauchen. Ach ja, und schließlich brauche ich noch zwei Wildhüter, die ein TV-Team begleiten. Die Leute vom Fernsehen wollen Elefanten filmen."

Wenn du ins Flugzeug willst,
lies weiter auf Seite **102**

Wenn du im Park bleibst,
lies weiter auf Seite **11**

Wenn du zum TV-Team möchtest,
lies weiter auf Seite **12**

Du kletterst auf den Käfig und ziehst das Gitter langsam nach oben.
Mit einem gewaltigen Satz ist der junge Löwe draußen. Du freust dich für ihn.
Doch deine Freude währt nicht lange. Denn das Tier ist alles andere als dankbar. Es ist hungrig.
Wieder macht der Löwe einen weiten Satz – diesmal bist du das Ziel. Mahlzeit!

Ende

Auf Zehenspitzen schleichst du zum Zelt von deinem Boss Jack und schlüpfst unbemerkt hinein.

Mann, ist das dunkel! Nur schemenhaft kannst du etwas erkennen.

Rechts ist ein kleiner Campingtisch und genau dort liegt ein Schlüsselbund. Glück gehabt!

Du nimmst die Schlüssel an dich und flitzt aus dem Zelt.

Dann holst du das Seil, bindest es oben am Fallgitter fest, kletterst auf einen Baum in der Nähe und ziehst es hoch.

Sofort schießt das Tier aus dem Käfig.

Du siehst dem jungen Löwen nach, wie er in den Weiten der Savanne verschwindet.

Auch wenn das bescheuert aussehen mag: Du hebst die Hand und winkst ihm zum Abschied.

Ende

„Macht die Fesseln los und lasst uns laufen, dann bekommt ihr eine Menge Kohle“, schlägt einer der Wilderer dir und Leila vor. Er und sein Komplize sind wieder halbwegs fit.
„Niemals“, erwidert ihr.
„Seid nicht dumm. Ich habe richtig viel Kohle dabei. Zwanzigtausend Rand. Die könnten euch gehören …“, sagt der Mann.
„Ja, und ich habe auch noch zehntausend Rand dabei“, ergänzt sein Komplize.
Dreißigtausend Rand! Das ist ein kleines Vermögen für einen Wildhüter wie dich.
Du wechselst einen Blick mit Leila. Sie schüttelt entschieden den Kopf.
Doch du bist unsicher. Dreißigtausend Rand! Was könntest du damit alles machen!
Kurz darauf bist du mit den Wilderern einen Moment lang allein, weil Leila in der Nähe Kapgiraffen entdeckt hat und sie fotografiert.

**Wenn du die Wilderer befreist,
lies weiter auf Seite 38**

**Wenn du das lässt,
lies weiter auf Seite 73**

Gegen Mitternacht seid ihr auf der Pirsch. Das Mondlicht glitzert auf dem träge dahinfließenden Letaba. Mitchell hat ein paar Scheinwerfer aufgestellt.

Die Bullen sind nach einer längeren Wanderung zum Fluss zurückgekehrt. Das künstliche Licht scheint sie nicht zu stören. Die Elefanten lehnen an den Bäumen und man könnte glauben, dass sie schlafen.

Doch das täuscht. Denn unvermittelt beginnen sie, mit ihren langen Rüsseln Blätter von den Bäumen zu zupfen.

Mitchell fängt an zu filmen.

„Elefanten schlafen nie lange am Stück", erklärst du ihm dabei. „Denn sie sind fast immer hungrig."

„Ja", ergänzt Leila. „Sie verbringen sechzehn bis zwanzig Stunden am Tag mit Fressen und verputzen zwischen zweihundert und dreihundert Kilo Gras, Blätter, Zweige, Rinde, Wurzeln und Früchte."

Der Tierfilmer macht weiter, während du die Umgebung musterst. Bei euren Zelten nimmst du eine Bewegung wahr.

Wenn du nachsiehst,
lies weiter auf Seite **40**

Wenn du bei Mitchell bleibst,
lies weiter auf Seite **61**

Die Notlandung und das Feuer muss doch jemand gesehen haben!, denkst du dir. Irgendwann wird schon Hilfe kommen. Irrtum. Niemand taucht auf.
Die erste Nacht übersteht ihr noch, obwohl euch der Durst quält. Aber am nächsten Tag wird die Situation unerträglich. Ihr braucht unbedingt Wasser!
Also brecht ihr am Abend auf, weil die Hitze um diese Zeit nicht mehr so groß ist.
Leider kommt ihr nicht allzu weit. Einer nach dem anderen verdurstet.

Ende

Plötzlich durchzuckt dich ein Geistesblitz. „Hat einer von Ihnen etwas zu essen dabei?“, rufst du den anderen zu.
Schon wirft dir der Waffennarr Polting sein Lunchpaket zu.
Sehr gut! Du reißt es auf und schleuderst ein Sandwich mit Käse und Schinken weit hinter die gierigen Krokodile. Sofort stürzen sich die Biester auf den Leckerbissen. Du feuerst weitere Sandwiches zwischen die Tiere, die sich um die Beute streiten und gegenseitig beißen.
„Los!“, rufst du Hanson und den Passagieren zu und springst ans nahe Ufer. Den anderen gelingt es, dir zu folgen. Die Krokodile sind noch mit sich selbst beschäftigt.
„Gut gemacht“, lobt dich Hanson vor versammelter Mannschaft. Er scheint wieder fit zu sein. Seinen Zusammenbruch im Cockpit kann er sich nicht erklären.
„Mein Gewehr!“, schreit Polting. „Es ist noch in der Maschine!“
„Wie bitte?“, fragst du ungläubig. „Sie sollten es doch in Camp lassen.“
„Ich habe es eingepackt, als keiner hingeschaut hat. Und bevor wir hier von irgendwelchen wilden Tieren gefressen werden, hole ich es lieber.“
„Langsam“, warnst du ihn und schaust zum Flugzeug. Es ist auf einer Sandbank gestrandet und ragt halb aus dem Wasser. Ein Gewehr könntet ihr jetzt aber wirklich gut gebrauchen …

**Wenn du Polting gehen lässt,
lies weiter auf Seite 17**

**Wenn du selbst gehst,
lies weiter auf Seite 96**

Du setzt dich auf die alte Kiste und startest den Motor.
86 Das Ding scheint keinen Auspuff zu besitzen und veranstaltet
einen Höllenlärm, als du losöttelst.
Prompt kommt der Besitzer, der zahnlose alte Sam, aus dem Laden gerannt.
„He, du Dieb, lass meine Karre in Ruhe!“, brüllt er dir nach.
Als du nicht reagierst, zückt der alte Sam eine ebenso alte Knarre und jagt dir eine Kugel hinterher, die dich leider trifft.

Ende

„Ich weiß nicht", flüstert Leila dir zu. „Ich habe ein komisches Gefühl."
„Du solltest nicht immer so misstrauisch sein", erwiderst du und steigst ein.
Widerstrebend folgt Leila dir. Sie nimmt den verletzten Leoparden auf den Schoß und streichelt ihn.
Während der Fahrt bemerkst du, dass der Fahrer dich durch den Rückspiegel anschaut. Er durchbohrt dich förmlich mit seinem kalten Blick.
Trotz der Hitze fröstelst du. Hatte Leila etwa doch Recht mit ihrem Misstrauen?
An einer Dorfkreuzung bremst der Wagen und biegt dann links ab.
„He, zu unserem Camp geht es aber nach rechts!", rufst du.

„Halt die Klappe!", schnauzt dich der Fahrer an.
Oh Gott, was haben die Kerle mit euch vor?

Wenn du dich aus dem langsam fahrenden Auto fallen lässt, lies weiter auf Seite 68

Wenn du im Auto bleibst, lies weiter auf Seite 52

Du öffnest die Tür und schaust in drei düstere Gesichter.
„Hi, Jungs, was habt ihr vor?“, fragst du ganz locker.
„Etwas, was dich nichts angeht“, erwidert der eine und schiebt dich in die Pension.
Seine Freunde folgen euch.
„Und dafür können wir keine Zeugen gebrauchen“, ergänzen sie und zücken ihre Messer.
Du willst fliehen, doch sie holen dich ein und fallen über dich her.

Ende

Ihr zieht euch sicherheitshalber zurück. Nachdem ihr eure genaue Position durchgegeben habt, verspricht Teamleiter Jack, einen bewaffneten Trupp zu dieser Stelle zu schicken, um den Wilderern das Handwerk zu legen. Außerdem wird sich ein Tierarzt um den verletzten Leoparden kümmern. Ihr sollt derweil zum Camp zurückkommen.

Dort hat Jack eine neue Aufgabe für euch: „Im Park gibt es zu viele junge männliche Löwen, die für blutige Revierkämpfe sorgen. Um die Lage zu entspannen, wollen wir einige dieser Löwen fangen und an andere Parks verkaufen. Dabei könnte ich euch gebrauchen. Aber ich muss euch warnen: Dieser Job ist gefährlich."

Leila ist sofort dabei, doch du zögerst. Schließlich willst du wissen, was aus dem verletzten Leopardenbaby wird.

Wenn du auf die Rückkehr des Tierarztes wartest, lies weiter auf Seite 31

Wenn du lieber junge Löwen fangen willst, lies weiter auf Seite 48

Leila hat sicher Recht. Die Sache könnte wirklich brenzlig werden. Andererseits kommst du dir ein wenig feige vor.
Schließlich siegt die Vernunft und ihr fahrt nach Hause in den Kruger National Park.
„Wie war's?", will euer Boss Jack wissen.
Kleinlaut berichtet ihr ihm alles.
Jack blinzelt euch zu. „Macht euch keine Vorwürfe. Kein Nashorn der Welt ist es wert, dass ihr euch dafür in Lebensgefahr begebt. Ihr habt genau richtig gehandelt. Hauptsache, ihr seid heil zurückgekehrt."

Ende

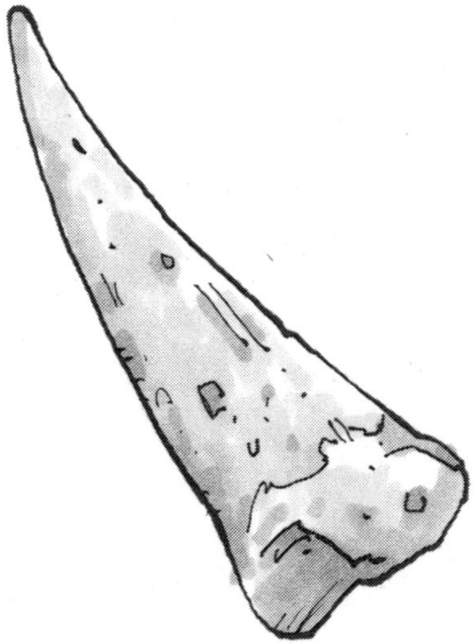

Ihr bleibt ganz am Rand der Herde. Das wird schon gut gehen, hoffst du mit einem bangen Blick auf die vielen Kälber. Die Jungtiere werden von ihren Müttern, aber auch von den Bullen notfalls bis zum letzten Atemzug verteidigt. Das weißt du als erfahrener Wildhüter.
„Bitte verhalten Sie sich so unauffällig wie möglich", trichterst du der Gruppe hinter dir ein.
Alle halten sich daran. Alle bis auf Polting.
„Haben Sie etwa Angst vor diesen blöden Rindviechern?" Er lacht dir frech ins Gesicht.
„Nein, aber Respekt", erwiderst du.
„Weichei!", kommentiert Polting und wirft einen Stein auf einen etwa tausend Kilo schweren Bullen.
Das Tier wird zwar nicht verletzt, aber wütend …
„Hören Sie auf, Sie Idiot!", brüllst du Polting an. Doch der denkt gar nicht daran.
Die Reaktion lässt nicht lange auf sich warten. Der Büffel senkt den Schädel und geht zum Angriff über. Andere Büffel folgen ihm.
Ihr wendet euch zur Flucht, doch ihr seid viel zu langsam.
Die Herde donnert über euch hinweg.

Ende

Sam erklärt dir, dass die Knarre in der Satteltasche steckt. Es handelt sich um einen rostigen Armeerevolver aus dem letzten Jahrhundert. Immerhin ist das Ding geladen!

Peng! Du hast den ersten Schuss abgefeuert. Doch die Kugel verfehlt ihr Ziel.

Peng! Das war schon besser – das Geschoss bohrt sich in das Reserverad an der Heckklappe des Jeeps.

Tiefer, tiefer!

Aber das Zielen ist gar nicht so einfach auf einem klapprigen Motorrad, das von einem betrunkenen Greis gesteuert wird.

„Alles muss man selber machen", knurrt Sam und nimmt dir den Revolver ab. Er lässt den Lenker los, um die Waffe mit beiden Händen halten zu können.

Oh Gott, denkst du nur.

In schneller Folge fallen zwei Schüsse.

Poff! Poff! Die beiden Hinterreifen sind getroffen. Der Wagen gerät ins Schleudern und kippt um.

Schnell seid ihr an der Unfallstelle. Fahrer und Beifahrer sind bewusstlos. Und Leila?

Die krabbelt von der Rückbank, das Leopardenbaby in den Armen.

„Gut gemacht!", lobt sie euch.

Du bist unendlich erleichtert.

Sam schenkt Leila ein zahnloses Grinsen. Dann fahrt ihr zu dritt auf dem Motorrad zurück ins Dorf. Die Täter werden verhaftet und der Leopard kann dank einer Notoperation gerettet werden.

Ende

Da niemand zu sehen ist, öffnest du das Tor zum Pferdestall. Dann gleitest du hinein und läufst von Box zu Box, um dir die Pferde anzuschauen.
Fehlt einem Tier das Hufeisen, das du gefunden hast?
„He, wer bist du?", brüllt jemand. „Was machst du da?"
Du wirbelst herum. Verdammt, ein Stallbursche mit einem Gewehr!
Du nimmst die Beine in die Hand und rennst zum anderen Ende des Stalls.
„Bleib stehen oder ich schieße, du elender Pferdedieb!", schreit der Stallbursche.
Doch du denkst gar nicht daran und läufst weiter.
Ein furchtbarer Fehler. Denn der Stallbursche belässt es nicht bei der Drohung, er schießt tatsächlich …

Ende

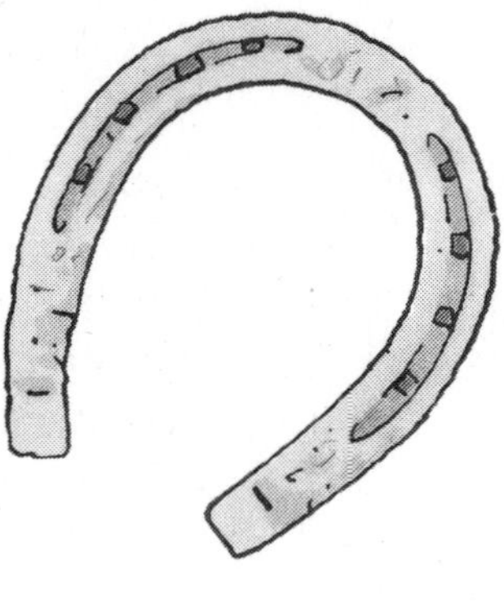

Du gibst vor, beim Beschlagen des Pferdes zuschauen zu wollen.
Der freundliche junge Mann ist einverstanden und führt dich zum Stall mit einer kleinen Schmiede. Dort macht er sich an die Arbeit.
Heimlich vergleichst du das Hufeisen, das du am Ufer gefunden hast, mit denen, die in der Schmiede verwendet werden.
Zu deiner Enttäuschung musst du feststellen, dass alle irgendwie gleich aussehen.
Du heuchelst weiter Interesse an der Arbeit des jungen Mannes und an Ferien auf dem Reiterhof. Nach einer Stunde ist er fertig und rät dir, zum Haupthaus zu gehen. Dort kannst du dich nach freien Terminen auf dem Hof erkundigen.
An der Rezeption lügst du erneut und fragst dabei auch nach dem Filmemacher Jason White.
„Oh, der ist vor fünf Minuten nach England abgereist. Eine dringende Familienangelegenheit, hat er gesagt“, berichtet die Dame an der Rezeption.
So ein Mist!, denkst du, als du vor dem Hauptgebäude stehst. Dieser White war deine einzige Spur! Und jetzt ist der Mann auf dem Weg ins ferne England.
Enttäuscht wirfst du das Hufeisen weg.

Ende

Murrend willigt Roy Mitchell ein, dass ihr ihn zu einer anderen Stelle führt.
Mit fünf Jeeps brecht ihr auf. Euer Ziel ist ein bestimmter Platz am Fluss. Dort habt ihr vor einigen Tagen eine Junggesellengruppe von sechs Elefantenbullen beobachtet.
Tatsächlich sind die mächtigen Tiere am Wasser und trinken gerade. Jeder dieser Bullen ist um die dreieinhalb Meter groß und wiegt über fünf Tonnen.
„Ein Elefant braucht etwa hundertfünfzig Liter am Tag", erklärst du dem Tierfilmer, während ihr die Ausrüstung abladet.

Schnell sind die Kameras bereit. Aufgeregt beginnt das Team mit der Arbeit.
Die jungen Bullen raufen miteinander. Dann suhlen sie sich im Schlamm, um sich gegen die Hitze und vor einem Sonnenbrand zu schützen. Nachdem der Durst gestillt ist, ziehen sie sich in den Schatten der großen Bäume zurück und beginnen zu fressen.
„Das sind sensationelle Aufnahmen!", freut sich Mitchell. „Wir werden hier übernachten und morgen weitermachen!"
Hm, denkst du, Elefanten sind auch nachtaktiv. Also könnten Mitchell auch nachts tolle Aufnahmen gelingen. Der Fotograf scheint das aber nicht zu wissen.

Wenn du Nachtaufnahmen empfiehlst,
lies weiter auf Seite **82**

Wenn du lieber schlafen möchtest,
lies weiter auf Seite **70**

Du bist der Wildhüter und Guide auf dieser Safari, du hast die Verantwortung für die Gruppe. Also ist das dein Job.
Mit einem mulmigen Gefühl kraulst du zur Maschine und ziehst dich hinein. Nach kurzer Suche findest du das Gewehr und willst zurück.
Doch da rammt ein treibender Baumstamm das Flugzeug und schiebt es von der Sandbank in tieferes Wasser.
Bevor du die Maschine verlassen kannst, sinkt sie – mit dir an Bord.

Ende

Die Safari-Teilnehmer murren, aber du setzt dich schließlich durch – auch dank der Unterstützung von Hanson, der sich wie du mit Wildtieren auskennt.
Ihr schleppt euch voran. Stunde um Stunde vergeht und allmählich quält euch der Durst.
Du hoffst, dass irgendjemand zufällig euren Weg kreuzt und euch hilft. Aber dem ist nicht so. Es scheint, als wärt ihr ganz allein in diesem riesigen Park.
Als die Dämmerung hereinbricht, wird dir klar, dass ihr euer Ziel – das Dorf – nicht mehr bei Tageslicht erreichen könnt. Bis dorthin sind es bestimmt noch zwanzig Kilometer. Ihr müsst die Nacht in der Savanne verbringen.
„Ich habe entsetzlichen Durst", jammert Polting. „Hier muss es doch irgendwo einen Fluss geben!"
Richtig, denkst du. Am Wasser versammeln sich viele Tiere, die ihren Durst stillen. Das wissen aber auch die Raubtiere wie Löwen und Leoparden, die ihrer Beute dort auflauern …

**Wenn du die Gruppe zum Fluss führst,
lies weiter auf Seite** 107

**Wenn du lieber in der Savanne übernachtest,
lies weiter auf Seite** 43

Als du Leila gerade umstimmen willst, hält eine endlos lange Stretchlimousine vor der Moonlight-Bar und ein dicker Mann in einem cremefarbenen Anzug steigt aus. An seinem Handgelenk blitzt eine goldene Uhr auf.
Jetzt stampft er in die Bar. Die bewaffneten Typen machen ihm ehrfürchtig Platz.
„Wetten, dass das Big Smash ist?", zischst du Leila aufgeregt zu.
Ihr behaltet den Laden im Auge.
Nur wenig später kommt der Mann in dem cremefarbenen Anzug wieder heraus und steuert, begleitet von zwei Bodyguards, genau auf den Schnellimbiss zu, in dem ihr gerade sitzt.
Schon nimmt er am Tisch neben euch Platz.

**Wenn du dich traust,
den Mann anzusprechen,
lies weiter auf Seite 46**

**Wenn du ihn lieber beschatten willst,
lies weiter auf Seite 104**

Moonligh

Lieber nicht! Du hast Angst, dass eine der Kugeln Leila oder den Leoparden treffen könnte.

Du bringst Sam dazu, dicht neben dem Jeep herzufahren. Seitlich am Heck ist eine Leiter, die aufs Dach des Autos führt. Du streckst den Arm aus, um die Leiter zu packen und dich auf den Jeep zu ziehen. Doch da wird die Scheibe heruntergekurbelt und das Gesicht des Beifahrers taucht auf.

„Haut bloß ab, sonst knallt es!", schreit er.

Als ihr nicht abdreht, versucht der Fahrer, euch von der Piste zu drängen.

Aber Sam reagiert trotz der vielen Schnäpschen, die er intus hat, erstaunlich schnell und kann ausweichen.

Jetzt zielt der Beifahrer mit einer Pistole auf euch. Blitzschnell schlägt ihm Leila, die hinter ihm sitzt, mit der Faust auf den Kopf.

Durch die Scheibe beobachtest du, wie der Beifahrer auf Leila losgeht! Du musst handeln!

Wieder fährt Sam ganz dicht an den Wagen heran – und diesmal gelingt es dir, dich auf die Leiter und dann aufs Dach zu ziehen.

**Wenn du versuchst,
ins Wageninnere zu gelangen,
lies weiter auf Seite** **34**

**Wenn du versuchst,
den Wagen zu stoppen,
lies weiter auf Seite** **110**

Ihr huscht an der Küche vorbei und die Kellertreppe hinunter. Auf Zehenspitzen pirscht ihr durch einen Gang mit mehreren Türen. Plötzlich hört ihr leise Stimmen.
Du öffnest eine der Türen. Dahinter befindet sich ein niedriger, feuchter Raum. In einer der Wände klafft ein großes Loch, aus dem die Stimmen dringen.
„Sieht so aus, als hätten die Typen einen Gang gebuddelt", wispert Leila.
Du nickst. Jetzt müsst ihr handeln!

Wenn du die Polizei alarmieren willst, lies weiter auf Seite 28

Wenn du dir mit Leila den Gang anschaust, lies weiter auf Seite 112

Du fliegst für dein Leben gern. Außerdem kannst du während des Fluges bestimmt sensationelle Bilder vom Park machen!
Du steigst in eine Maschine, die gerade mal für acht Passagiere Platz bietet. Euer Pilot ist der erfahrene Jerry Hanson, den nichts so leicht aus der Ruhe bringt.
Beim Verladen des Gepäcks lernst du auch die Touristen kennen. Es handelt sich um eine bunt gemischte Truppe aus allen Teilen der Welt. Zwei Dinge haben sie gemeinsam: eine Menge Geld und Lust auf spektakuläre Aufnahmen bei der Safari.
Als du eine Tasche in die Maschine hebst, fällt dir auf, dass dort ein länglicher Gegenstand drin sein muss. Von der Form her könnte es sich um ein Gewehr handeln …
Du tastest das Ding durch den Stoff der Tasche ab.
„Finger weg!“, wirst du vom Besitzer des Gepäckstücks, einem gewissen Samuel Polting, angeherrscht.

**Wenn du die Tasche öffnest,
lies weiter auf Seite 47**

**Wenn du gehorchst,
lies weiter auf Seite 14**

Du ziehst Hanson vom Pilotensessel und übernimmst seinen Job. Na ja, du versuchst es zumindest. Denn mit den ganzen Anzeigen, Schaltern und Knöpfen kannst du herzlich wenig anfangen.
Dennoch packst du fest entschlossen den Steuerknüppel und reißt ihn nach oben. Hoch, komm schon, flieg hoch!, flehst du das kleine Flugzeug an.
Rasend schnell saust ihr auf die Savanne zu. Wieder und wieder reißt du am Knüppel und betätigst die verschiedenen Höhenruder. Aus dem Funkgerät kommen Fragen, Tipps und Befehle, die dir nicht wirklich weiterhelfen.
Und da geschieht das Wunder: Euer Sturzflug wird gebremst, du hast die Maschine abgefangen! Die Freude währt nur kurz, denn plötzlich schlagen Flammen aus dem linken Flügel.
Oje, das wird ja immer schlimmer! Jetzt taucht vor dir der Fluss Letaba auf. Kannst du auf der Wasseroberfläche notlanden und den Brand damit löschen? Oder wäre es schlauer, die Landung in der Savanne zu versuchen?

**Wenn du dich für den Fluss entscheidest,
lies weiter auf Seite 45**

**Wenn du die Savanne wählst,
lies weiter auf Seite 29**

Ihr verkrümelt euch und wartet in der Nähe des Eingangs. Eine Stunde später verlässt der dicke Mann den Imbiss. Er setzt sich hinten in die lange Limousine und der Fahrer gibt Gas.
„Ihm nach!“, rufst du und springst mit Leila in ein Taxi.
Langsam gleitet die Stretchlimousine durch Soweto und gelangt schließlich zu einer Lagerhalle mit einem Wellblechdach.
Der Mann in dem feinen Anzug steigt aus und verschwindet darin.
„Ich würde ja zu gerne mal einen Blick in den Schuppen werfen“, sagt Leila, nachdem ihr aus dem Taxi geschlüpft seid.
„Ich auch“, erwiderst du. „Nur wie?“
„Wir könnten versuchen, durch ein Fenster zu schauen, oder uns als Pizzaboten ausgeben, um mit dem Essen in die Halle zu gelangen. Wir sind doch gerade an einem Verkaufsstand vorbeigekommen“, erwidert Leila. „Was meinst du, Bill?“

**Wenn du durchs Fenster schauen willst,
lies weiter auf Seite 74**

**Wenn du Pizzabote spielen willst,
lies weiter auf Seite 115**

„Wir waren scharf auf das Horn der Tiere", gesteht einer der Wilderer, als er wieder einen klaren Kopf hat. „Das gilt in Asien als Heilmittel und bringt richtig viel Geld ein."
Deine Wut auf die Kerle wächst. Doch du bleibst ganz ruhig und machst folgenden Vorschlag: „Wir könnten für dich ein gutes Wort einlegen und dafür sorgen, dass deine Strafe nicht allzu hoch ausfällt, wenn du uns den Namen von eurem Boss verrätst …"
Der Wilderer überlegt einen Moment, dann sagt er: „Okay. Man nennt ihn Big Smash. Er lebt in Joburg, im Viertel Soweto."
Joburg, überlegst du, der Spitzname für die Stadt Johannesburg. Ein ziemlich gefährliches Pflaster …

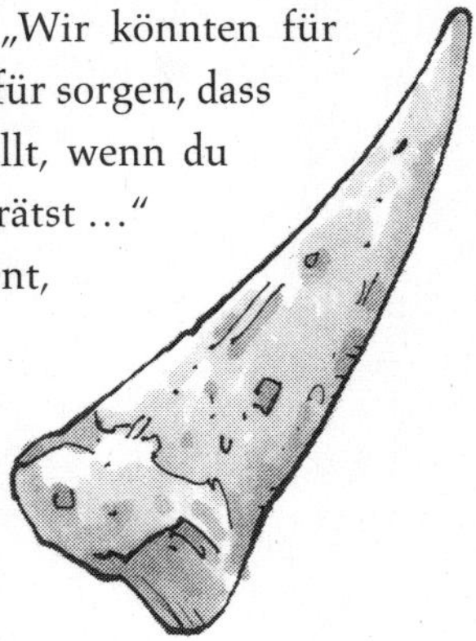

Wenn du in Soweto nach dem Boss der Wilderer suchen willst, lies weiter auf Seite 66

Wenn du lieber im Park bleibst, lies weiter auf Seite 37

106

Das wäre doch gelacht! Du steigst über den Zaun auf die Koppel und gehst auf einen stattlichen Rappen zu. Das Tier schnaubt und schüttelt seine Mähne.

„Ganz ruhig“, sagst du und klopfst ihm ein paarmal freundschaftlich auf den Widerrist. Dann beugst du dich zu seinem linken Hinterhuf hinab. Du packst das Tier an der Fessel – doch das passt ihm überhaupt nicht. Der Rappe tritt aus und verpasst dir einen fürchterlichen Schlag. Leider trifft er dich voll am Kopf. Alles wird dunkel …

Ende

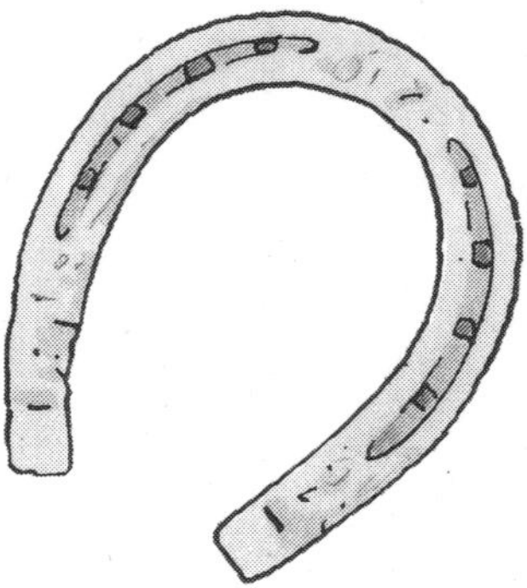

Endlich erreicht ihr den Fluss. Begeistert stillen die erschöpften Safari-Teilnehmer ihren Durst und loben dich, dass du sie gerettet hast.
„Da bin ich mir noch nicht so sicher", sagst du leise zum Piloten. „Das ist ein gefährlicher Platz, um die Nacht zu verbringen."
Ihr macht aus, dass einer von euch Wache halten soll, während die anderen schlafen. Nach zwei Stunden wollt ihr euch ablösen.
Polting übernimmt die erste Wache. Doch er nickt bereits nach einer Viertelstunde ein. So bemerkt niemand von euch, wie sich einige Leoparden anschleichen.
Ein Fauchen weckt dich – aber es ist zu spät. Ihr könnt nicht mehr entkommen!

Ende

Du schlüpfst leise aus dem Zelt und schaust dich im Camp um.

Als Erstes gehst du zu dem Zelt, in dem die umfangreiche Kameraausrüstung verstaut ist. Du fürchtest, dass ein Dieb sie stehlen könnte.

Doch alles ist friedlich, kein Mensch ist weit und breit zu sehen.

Erleichtert willst du zu deinem Zelt zurücklaufen – doch du hast die Rechnung ohne den sprunggewaltigen Leoparden gemacht, der auf einem breiten Ast lauert und dich in den letzten Minuten genau beobachtet hat.

Er springt dich an – und du weißt: Das ist das

Ende

„Wir dürfen keine Zeit verlieren, wir müssen los!“, entscheidest du.
Leila nimmt das verletzte Tier auf den Schoß und streichelt es, während du Gas gibst.
Doch schon nach wenigen Kilometern steigt eine Rauchsäule unter der Motorhaube hervor – und kurz darauf bleibt der Wagen liegen.
„Das darf doch nicht wahr sein!“, schimpfst du und schaust besorgt zum verletzten Leoparden. „Ausgerechnet jetzt gibt die verdammte Karre ihren Geist auf!“
Als du das Camp anfunken willst, vernimmst du Motorenlärm. Ein anderer Jeep braust heran und stoppt neben euch. Die Scheibe gleitet herunter.
„Sieht aus, als würde euer Jeep gleich in Flammen aufgehen“, sagt der Beifahrer. „Braucht ihr Hilfe?“
„Ja!“, rufst du erleichtert und sagst, worum es geht. Dabei musterst du den Mann und den Fahrer. Beide hast du noch nie gesehen. Als du den verletzten Leoparden erwähnst, tritt ein seltsamer Glanz in die Augen des Beifahrers.
Die beiden Männer bieten an, euch zum Camp zu fahren.

Wenn du das Angebot ausschlägst, lies weiter auf Seite **50**

Wenn du mit Leila einsteigst, lies weiter auf Seite **87**

Du legst dich flach aufs Dach und ziehst den Gürtel mit der massiven Metallschließe aus dem Hosenbund. Dann holst du damit aus und lässt die Schließe mit voller Wucht auf die Windschutzscheibe knallen.

Die Scheibe bekommt Risse. Wieder und wieder schlägst du zu, bis dem Fahrer endgültig die Sicht genommen ist.

Er verliert die Kontrolle über den Jeep und rauscht in einen Busch.

Du purzelst vom Dach, bist aber sofort wieder auf den Beinen.

Sam knattert heran und richtet seinen uralten Armeerevolver auf die Gangster, die gerade aus dem Auto steigen.

Sie nehmen die Hände hoch und lassen sich von dir fesseln.

„Danke, Bill!“, sagt Leila und drückt dir einen Kuss auf die Wange.

Du wirst knallrot und wirfst einen Blick auf den Leoparden. Es scheint ihm einigermaßen gut zu gehen, aber er muss nach wie vor schleunigst zu einem Tierarzt.

Während Sam die Polizei einschaltet, sorgt ihr dafür, dass euer kleiner Schützling zu einem Veterinär kommt.

Der Arzt kann das Leben des Leoparden retten.

Drei Wochen später lasst ihr ihn in der Wildnis frei, wo seine Mutter schon auf ihn wartet.

Ende

„Entdeckt wurde die Goldader 1886 von meinem Urgroßvater George Harrison", berichtet Mary. „Sie lag auf seinem Claim."
„Oh, dann wurde er sicher sehr reich", sagst du.
Mary bläst einen Kringel an die Zimmerdecke. „Leider nein", seufzt sie. „Denn der gute alte George hatte die Ader nur ein wenig angekratzt und dachte, dass sie nicht besonders ergiebig sei. Dabei hatte er die größte Goldader der Welt entdeckt!"
„Und dann?"
Wieder seufzt Mary. „Mein Urgroßvater verkaufte seinen Claim für lächerliche zehn Pfund an einen anderen Goldsucher. Der wurde wirklich sehr reich und gründete ein Bankunternehmen. Eine Filiale steht gleich nebenan."
Du wechselst einen Blick mit Leila. Was für ein Pech für diesen George!
„Später hat George immer erzählt, dass man ihn betrogen habe. Bevor er den Claim verkaufte, habe man ihn betrunken gemacht", fährt Mary wütend fort. „Er starb arm und verbittert."
Nach zwei weiteren Stunden könnt ihr euch schließlich loseisen und ins Bett gehen.
Wegen der Hitze wachst du nachts auf und öffnest das Fenster. Dabei siehst du, wie drei Gestalten auf die Pension zukommen. Sind das etwa Einbrecher?

**Wenn du dich ihnen entgegenstellst,
lies weiter auf Seite** 88

**Wenn du Leila im Nachbarzimmer weckst,
lies weiter auf Seite** 22

Ihr klettert in den düsteren, stickigen Gang. In der Ferne schimmert ein Licht. Auf allen vieren kriecht ihr darauf zu. Plötzlich ertönt ein Presslufthammer.

Ihr krabbelt weiter und entdeckt schließlich die drei Männer. Sie haben nicht nur den Presslufthammer, sondern auch Spitzhacken und Schaufeln mitgebracht und sind gerade dabei, den Stollen zu erweitern. Und zwar senkrecht nach oben!

Du gibst Leila ein Zeichen, dass ihr euch zurückziehen sollt.

Als ihr wieder in dem Kellerraum seid, deutest du auf den Stollen und sagst: „In dieser Richtung liegt doch auch das Bankgebäude, oder?"

Leila nickt.

„Ich wette, dass die Typen in die Bank einbrechen wollen", flüsterst du.

Rasch verlasst ihr Mary Harrisons Haus und alarmiert die Polizei.

Die Beamten nehmen die drei Männer und die Pensionsbesitzerin fest. Es stellt sich heraus, dass es sich bei den drei Bankräubern um die Enkel von Mary handelt.

„Wir wollten uns von der Bank nur das zurückholen, was unserem Vorfahren George einst genommen wurde", erklärt Mary wütend. „Man hat meinen Urgroßvater damals betrogen!"

Doch das interessiert die Polizei herzlich wenig. Die Täter werden eingesperrt. Ihr hingegen erhaltet eine satte Belohnung von der Bank: jeder zehntausend Rand!

Ende

114

Du alarmierst Leila, Mitchell und einige andere. Gemeinsam durchkämmt ihr das Dorf, klopft überall an und schreckt die Bewohner auf.

Alle beteuern, unschuldig zu sein. Doch du weißt es besser – mindestens einer lügt hier ganz gewaltig. Blöderweise lassen euch die Leute nicht in ihre Hütten.

Du sorgst dafür, dass jetzt auch die Polizei kommt. Die Beamten schauen in jeder Hütte nach. Schließlich werden sie fündig: Der Täter mit der Horrorfratze hat sich unter einem Bett versteckt.

Er gibt zu, dass er Mitchells Team bestehlen wollte. Die Maskerade wählte er, um mögliche Verfolger abzuschrecken. Doch du hast dich davon nicht beeindrucken lassen.

Mitchell lobt dich ausdrücklich und verdoppelt deinen Lohn!

Ende

Ihr kauft zwei große Pizzen und lauft damit zurück zur Halle. Dort klopft ihr so lange an, bis man euch öffnet.
„Die Pizza ist da!“, ruft ihr übertrieben fröhlich.
Der Mann runzelt die Stirn, winkt euch aber herein. Ihr steht jetzt in einer schmutzigen Halle. Eine offene Tür auf der rechten Seite gewährt euch einen Blick in ein menschenleeres Labor.
„Wartet hier, ich frage mal nach, wer das Essen bestellt hat“, sagt der Mann und verschwindet in den Tiefen der Halle.
Das ist eure Chance! Ihr huscht in das Labor.
„Schau mal!“, flüsterst du Leila aufgeregt zu und deutest in ein Regal. „Da liegt ein Stück Horn!“
Als Wildhüter erkennt ihr natürlich sofort, dass es von einem Nashorn stammt.
„Wir sind auf der richtigen Spur!“, freut sich Leila. „Nichts wie raus hier.“
Kaum seid ihr wieder am Eingang, kommt der Typ auf euch zu. „Ihr habt euch wohl in der Adresse geirrt. Hier will niemand eure Pizza.“
„Sorry“, erwidert ihr.
Draußen alarmiert ihr sofort die Polizei. Kurz darauf wird die Halle gestürmt. Insgesamt zehn Kilo Horn stellen die Beamten sicher. Bei dem dicken Mann handelt es sich tatsächlich um Big Smash. Auch er wandert hinter Gitter.
Zu Hause im Kruger National Park werdet ihr gebührend gefeiert!

Ende

116

Du spazierst ganz unauffällig zur ersten Koppel. Sogleich kommen mehrere Pferde auf dich zu. Sie hoffen vermutlich, dass du ein paar Leckereien für sie hast, Zuckerwürfel oder einen Apfel.

Wie kannst du jetzt die Hufe auf der Suche nach dem verlorenen Eisen unter die Lupe nehmen? Mit Löwen, Elefanten und Nashörnern kennst du dich bestens aus, aber nicht mit Pferden …

Wenn du die Tiere einfach nur beobachtest, lies weiter auf Seite 25

Wenn du versuchst, den Pferden unter die Hufe zu schauen, lies weiter auf Seite 106

Nachdenklich läufst du zum Hauptgebäude. Ist es möglich, dass sich White als Tourist ausgibt, um Mitchells Aufnahmen zu stehlen? Will er sich vielleicht mit fremden Federn schmücken? Vor der Rezeption stehen ein herrenloser Koffer und ein Rucksack.

„Oh, es reist wohl gerade jemand ab, da wird bestimmt ein Zimmer für mich frei", sagst du zu der Dame am Empfang.

„Ja, da haben Sie Glück", erwidert sie.

„Aber es reist doch nicht etwa der berühmte Mister White ab?", fragst du scheinheilig nach.

Die Dame lächelt. „Es spricht sich ja immer so schnell rum, wenn wir Prominente beherbergen. Sie haben Recht: Mister White wird uns heute leider schon verlassen. Das Taxi kommt gleich, um ihn zum Flughafen zu bringen. Mister White macht sich gerade nur noch ein wenig frisch."

Da wird die Rezeptionistin in den angrenzenden Gastraum gerufen. Du nutzt die Chance und durchwühlst Whites Rucksack – und wirst fündig: Da ist Mitchells Laptop! Du erkennst ihn an dem Elefanten-Aufkleber.

Sofort holst du die Polizei, die White verhört. Der Mann gibt schließlich zu, dass er die Aufnahmen stahl, um sie als seine eigenen auszugeben. Natürlich erwartet ihn nun ein Prozess. Du bringst das Filmmaterial zum überglücklichen Mitchell zurück!

Ende

Leseprobe aus dem
Ravensburger Taschenbuch 52549
„Das Handy der 1000 Gefahren“
von Fabian Lenk

Endlich Sommerferien! Du bist in deiner Stadt und warst gerade mit deinen Eltern shoppen.
Du musst grinsen. Mit dir Klamotten zu kaufen, ist für deine Mom und deinen Dad immer der reinste Stress. Denn du bist verdammt wählerisch. Deine Eltern wären nach dem elften Geschäft fast durchgedreht.
Tja, aber im zwölften Laden wurdest du dann doch fündig. Und jetzt trägst du eine lässige Jeans und ein cooles T-Shirt. Deine völlig erschöpften Erziehungsberechtigten hast du in einem Restaurant gelassen und willst jetzt nach Hause, um eine Runde Computer zu spielen. Da bekommst du eine SMS. Du zückst dein geliebtes Handy und liest die neue Nachricht. Sie ist von deinem Freund Luca.

Sehen wir uns nachher im Freibad?
Lara und Janine kommen auch.

Freibad? Klingt nicht schlecht. Andererseits ist das Wetter nicht überragend: Es ist leicht bewölkt und es herrschen gerade mal schlappe zwanzig Grad.

Wenn du ins Freibad gehst,
lies weiter auf Seite **114**

Wenn du absagst,
weil du lieber Computer spielen willst,
lies weiter auf Seite **10**

8

Langsam gehst du auf das andere Auto zu. Hoffentlich bekommst du jetzt die versprochenen fünfhundert Euro!
Die Türen des Wagens schwingen auf und zwei Männer steigen aus. Trotz der Dunkelheit tragen sie Sonnenbrillen.
Dir ist mulmig zumute und deine Stimme zittert, als du fragst: „Kriege ich nun das Geld?"
„Nein, denn du hast versagt", knurrt der kleinere der beiden Gangster. „Du hast uns fast die Polizei auf den Hals gehetzt und den Porsche zu Schrott gefahren."
„Der hat doch nur ein paar Kratzer", erwiderst du, obwohl du weißt, dass das maßlos untertrieben ist.
Die Antwort ist ein heiseres Lachen. „Du bist vielleicht ein Komiker! Für den Schaden, den du angerichtet hast, wirst du weiterhin Drogen transportieren – mindestens ein Jahr lang!"
Drogen? Du hast Drogen transportiert? Panik steigt in dir auf.
„Niemals!", rufst du, drehst dich um und rennst weg.
Da zieht einer der beiden eine Pistole und drückt ab. Leider ist er ein sehr guter Schütze …

Ende

Du krabbelst zum Haus, springst auf und saust um die Ecke. Nun gelangst du in eine schmuddelige Gasse, von der weitere Straßen abzweigen: Ein wahres Labyrinth tut sich vor dir auf. Hier kannst du den Gangster schließlich abschütteln.
Völlig außer Atem stoppst du und alarmierst die Polizei wegen der Entführung. Sofort wird eine Fahndung eingeleitet.
Allmählich kommst du zur Ruhe und ordnest deine Gedanken. Warum, überlegst du, hat das Entführungsopfer dir das Handy zugeworfen? Und warum sind die Gangster so scharf darauf?
Du ziehst das Handy aus der Tasche und wischst über den Bildschirm.
Keine Sperre, kein Codewort!
Ist etwas Geheimnisvolles auf dem Handy gespeichert?

Wenn du die Dateien durchsuchst,
lies weiter auf Seite **88**

Wenn du das Handy
bei der Polizei ablieferst,
lies weiter auf Seite **58**

10 Also schlägst du den Heimweg ein. Du gelangst in eine etwas heruntergekommene Gegend. Wenn du die Abkürzung mitten hindurch nimmst, bist du definitiv schneller zu Hause.
Euer Haus liegt in dem feinen Viertel hinter dieser miesen Ecke – an einem schönen, bewaldeten Hang.
Oder du entscheidest dich für den sicheren Umweg …
Jetzt gleitet eine schier endlos lange Limousine an dir vorbei.
Vorne sitzen zwei unheimliche Typen mit Sonnenbrillen.
Als der Mann auf dem Beifahrersitz dich mustert, schaust du schnell zur Seite. Du willst keinen Ärger.

Wenn du das Viertel schnell wieder verlässt, lies weiter auf Seite 22

Wenn du dich nicht beirren lässt, lies weiter auf Seite 59

Du stoppst auf dem Standstreifen. Oje, das wird mächtig Ärger geben …

Zwei Polizisten wollen deinen Ausweis, deinen Führerschein und die Fahrzeugpapiere sehen. Mit einem Ausweis kannst du dienen, aber natürlich nicht mit einem Führerschein.

„Hast du das Auto gestohlen?“, fragt dich einer der Beamten.

„Äh … nein“, sagst du wahrheitsgemäß.

Die Polizisten glauben dir kein Wort und nehmen dich mit auf die Wache. Der schöne Porsche wird abgeschleppt. Die Beamten wollen den rechtmäßigen Besitzer ermitteln.

Auf dem Revier packst du aus und berichtest von den mysteriösen Aufträgen per SMS. Schließlich nimmt man dir die Story ab.

Der Absender der Nachrichten wird ermittelt. Es handelt sich um einen Drogendealer, der in dem gestohlenen Porsche mehrere Kilo Kokain versteckt hatte. Du solltest seinen Kurier spielen.

Der Mann wird verhaftet. Und du? Du kommst um eine Jugendstrafe gerade noch so herum.

Ende

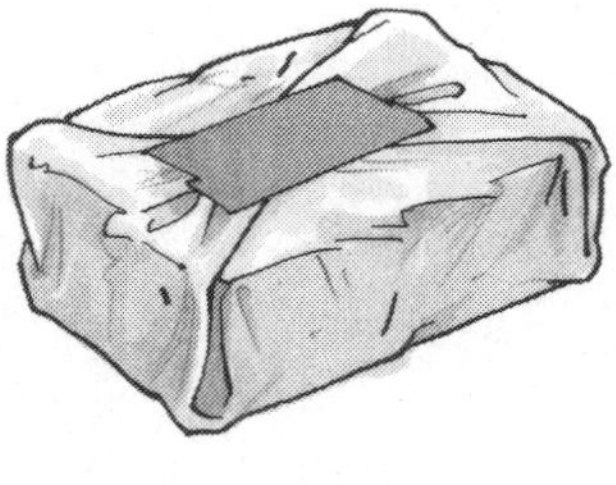

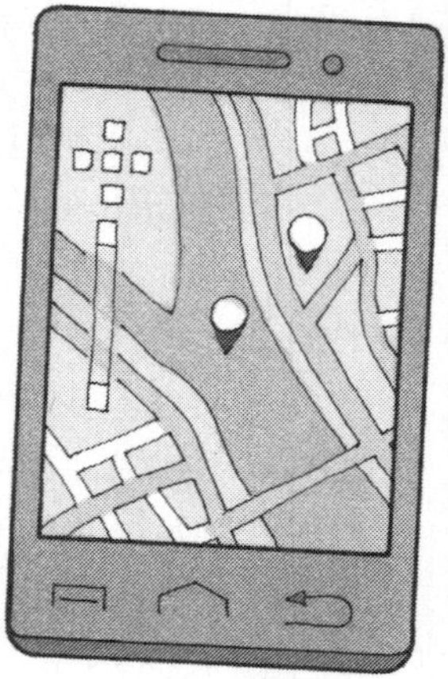

Eine Stunde später bist du bei Lara. „Es handelt sich um einen Mystery-Night-Cache, eine besonders spannende Variante des Geocachings“, erklärt sie dir. „Wir werden in kleinen Teams bestimmte Ziele im freien Gelände oder in der Stadt suchen. Finden wir ein Ziel, erhalten wir einen Hinweis auf das nächste und so weiter. Am Ende wartet eine Belohnung auf das schnellste Team – jeder aus dieser Mannschaft erhält ein nagelneues Smartphone.“

„Also ist das eine Art Schnitzeljagd“, sagst du.

Lara lacht. „Richtig, aber viel moderner. Als Erstes müssen wir die neueste Software für den Mystery-Night-Cache runterladen. Ohne die Software erhalten wir keine Koordinaten und können die Ziele nicht finden. Sie kostet hundert Euro.“

Du staunst. „So viel?“

„Ja, aber die Investition könnte sich lohnen. Denn das Handy, das ich gewinnen will, ist viel mehr wert. Was ist, machst du mit?“

Wenn du aussteigst,
lies weiter auf Seite **100**

Wenn du mitmachst,
lies weiter auf Seite **20**